闇塗怪談
解ケナイ恐怖

営業のK　著

竹書房文庫

目次

※本書に登場する人物名は、様々な事情を考慮して全て仮名にしてあります。また、作中に登場する体験者の記憶と体験当時の世相を鑑み、極力当時の様相を再現するよう心がけています。現代においては若干耳慣れない言葉・表記が登場する場合がありますが、これらは差別・侮蔑を意図する考えに基づくものではありません。

魔女

日本にも〈魔女〉はいる。

そんなことを書くと、異論を唱える方も沢山いるかもしれない。

ただ、現代においても、いや、これだけ不透明な世界だからこそ、今でも世界中に悪魔というモノを崇拝し信仰している者も多いと聞く。

そして、その悪魔と契約を交わした女性が〈魔女〉ということになる。そうなってしまったら、その女性はもう人間ではなくなるらしい。

では、どうして主にキリスト教が広く信仰されている地域で信じられ、恐れられている魔女というものがこの日本にもいると思うのかといえば、それは俺の過去の記憶に拠るのだ。


それは、俺が高校生の頃に遡る。

その当事、親戚の集まりというものがよくあった。俺の父親が本家という立場だったから、我が家で開かれることもよくあった。

その集まりには、東京や九州からも親戚がやって来るほどあり、俺としても久しぶりに会う従姉妹や叔父叔母の顔を見られるのは嬉しいことだった。

しかし、そんな中に今でもよく分からない女性が一人参加していた。

確か、俺の遠い従姉妹だと紹介されたのだが、どう見ても年齢はその当時で四十歳は越えていた。

他の従姉妹たちは、どれだけ年が離れているとしても、それなりに話題も合う程度の年齢だったので、ひと際歳の離れたその女性をどうしても従姉妹とは認識できなかったのを憶えている。

しかし、違和感を覚えていたのは、それだけではない。

親戚が集まると大人たちは酒宴となり、俺や従兄弟は時間を持て余し、ゲームやトランプに興じていたのだが、そんな時でもその女性は俺たちの輪には入らず、親たちと一緒にいた。ただ、一緒に酒を飲んで盛り上がっていた訳ではない。酒を飲み、語らう親たちの席から少し離れた場所に一人ぼっちで座り、ただじっと親たちの顔を見つめていた。

実は……その時の顔がとても不気味だったのだ。

何かを品定めしているかのような顔。

一切の笑みを排除し、ただ食い入るように親たちの顔を見つめている
俺はその女性の顔が怖くて仕方なかった。おまけに、彼女の傍らには必ず黒い猫が座っていて、それがまた気持ちが悪い。まるで人間の言葉が分かるかのように大人たちの話に

合わせて表情を変えるのだ。

だから俺は親戚の集まりでその女性を見かけると、いつも逃げるように席をはずしていた。

しかし、いつもそうやって逃げおおせるとは限らなかった。

俺が従姉妹たちと離れ一人でいる時に限ってその女性は俺に近づいてきた。そして、頼んでもいないのに次々とおかしなものを見せてくる。

それは手品というにはあまり超自然的なものだった。

例えば、自分の皮膚をカッターナイフで削いでみたり、手首を鋭い串のようなもので貫通させたり。挙句の果てには、自らの首をナイフで切り落とそうとしていた時もあった。

怖くていつも途中で逃げだしていたが、何故かその傷口からは一滴も血がこぼれていなかったのを覚えている。

もう一つ、何を食べているのか口をクチャクチャ言わせていることがよくあった。その音に嫌悪感を覚えた俺は、「一体何を食べてるんですか?」と聞いてみた。

すると、彼女はニヤッと笑い、ポケットからトカゲやカエルの干したものを取り出して見せた。

「美味しいよ！　食べてみる?」

そう言っていたのが鮮明に記憶に残っている。

彼女を恐れていたのは他の従姉妹たちも同じだったようで、その女性が近づいてくるとクモの子を散らすように逃げていった。

そのうち、俺はその女性に会うのが嫌で、親戚の集まりには一切顔を出さなくなってしまった。


そんなある日、時が経ち高校生になっていた時のこと。

自宅で暇を持て余していると、俺のベッドの横にいつのまにかその女性が立っていた。

心底驚いた俺は、なかば怒鳴るように声をあげた。

「どうして勝手に家の中に入って来るんですか！」

彼女は答えなかった。ただ、一人勝手なことを喋ってくる。

「もう行かなくちゃいけなくなったの……あっちから呼ばれちゃったんだ。でも、絶対にまた会えるから……」

そう言うと、部屋からスッと出て行ってしまった。

俺は意味が分からず、慌ててその女性を追いかけたが、すぐに追いかけたにも拘わらず、その女性の姿は何処にもなかった。

あれから現在に至るまで、その女性の姿は見てはいない。

しかし、大人になってその女性のことを話題にすると、誰一人その女性のことを覚えていなかった。親も従姉妹も、みんな不思議な顔で俺を見つめる。そんな女性は知らない、と。

ただ、うちがお世話になっていたお寺の住職だけはその女性のことを覚えていてくれた。

「ああ、○○君には見えていたんだね……。でもアレは口にしてはいけない存在の女だからね。早く忘れてしまうほうが良いよ……」

そう言われた。

それでもやはり気になってしまい、自分なりに色々と調べてみた結果、いちばんあの女の存在に近いと思ったのが、西洋でいうところの〈魔女〉という存在だった。

俺は今でも内心恐れているのかもしれない。

だってあの女は確かにこう言ったのだ。

『絶対にまた会える』――と。

その近道は

これは俺の友人が体験した話。

彼は俺の幼馴染である。物心ついた時から近所に住み、いつも一緒に遊んでいた。彼の母親と俺の母親も仲が良かったので、互いの家に泊まりあうなど家族ぐるみの付き合いをしていた。

さて、俺たちが住んでいた地域には、夜にはけして利用しない道があった。それは、国道に通じる農道だ。国道は道沿いに便利な店があり、何よりバス停があったので、生活には欠かせない道路だった。その国道に、普通の道を歩くと三十分はかかってしまうのだが、件の農道を使えば十分とかからない。車が通れないのが難点だが、直線距離を通る農道は実に便利で、本来ならばみんなが利用していたはずだった。

しかし、夜はもとより昼間でもその道を使う者はまれだった。

なぜならその道は〈禁忌の道〉だったからだ。

いつの頃からそんな風に言われていたのかは分からない。ただ、物心ついた時から、俺はそう教えられていた。その道を通ったら、二度と家には帰って来られなくなるのだ、と。

だから、暗くなったら勿論のこと昼間でもめったなことで使ってはいけないよ、と。

その言葉に俺は素直に恐怖した。

しかし、一度だけ昼間にその道を通ったことがあった。

友達数人と、探検という名目でその道に行ってみたのだ。どの家もあの道のことは〈禁忌の道〉だと教えており、子供にとっては肝試し感覚であったと思う。

ところが俺は予想外の理由で途中棄権を余儀なくされた。

それは、半端ない量のカエルがいたからである。

昼間ということもあり、元気よくその道を歩き始めた俺たちであったが、一歩進むごとに何かが道脇の用水路に飛び込む音がした。

それは大きなカエルの群れだった。

日頃から人の通らないその道は、カエルにとっては格好の安息地になっていたのだろう。

一歩歩くごとに、ガサッと大きな音がしてカエルが用水路に逃げていく。

なんとも異様な光景に、カエル嫌いの俺でなくてもみな固まってしまい、行き道を引き返すだけでもかなりの時間を要したのを覚えている。まあ、それは夏の日の昼間の出来事ではあったのだが……。

ある日、幼馴染の彼は母親に連れられて、その道を通ることになった。

冬の夕方のことだった。

どうしても行かなければならない親戚の用事があり、国道沿いのバス停からバスに乗らなければならない。だが発車時刻まで時間が無かった。いつものように遠回りをしていてはとても間に合わない。

時刻は夕方の六時過ぎ。まだ日は落ち切っていなかった。

だから彼の母親も大丈夫だと思ったのだろう。彼の手を引いてその道を歩き始めた。

歩き始めてすぐ、彼はこう注意されたという。

「あくまで迷信だと思うんだけどね……。もしも、この道で誰かとすれ違うことがあっても絶対に挨拶してはいけないよ！　気付いていない、見えていないフリをして、そのままやり過ごすの。そうしないと、大変なことになってしまうらしいから、今言ったことは絶対に守っておくれ！」と。

歩き始めてしばらく経つと、地域住民に恐れられ誰も使わないというその道がとても静かで平和な道だと認識したという。

冬だからカエルなどいるはずもないし、風が長く伸びた雑草を吹き抜けていく。寒くはあったが不快ではなかった。

辺りは冬ということもあり、一気に暗くなっていくのが分かった。だがそんなことよりも、大好きな母と繋いだ手が温かくて、この時間が永遠に続けばいいとさえ思ったという。

道のなかばあたりに差し掛かった時だった。母親の足が急に止まったかと思うと、彼の手をいっそう強く握りしめてくる。

母親の陰から前方を窺うと、闇の中を誰かがこちらに向かって歩いてくるのが見えた。

真っ暗であり、男か女かも分からなかった。

(誰だろう？　この道を使う人なんていないはずなのに……)

そう思った。

しかし、母親がその場で棒立ちになり、彼の手を必要以上に強く握りしめていることから何かが起こったことは理解できた。

母親は彼に小声で囁いた。

「さっき言ったこと、絶対に守っておくれよ！」

その声は確かに震えていた。

繋いだ手も小刻みに震えている。

母の震えは得体の知れぬ恐怖となって彼にも伝わり、心臓が早鐘を打った。

母親は意を決したように再び歩き出した。先ほどよりもゆっくりとした速度で……。

そして、前方から歩いてくる人が十メートル位の距離になったとき、彼は思わず、アッと声を出した。

母親が小さく、シッと彼を叱りつけた。

もう十メートルも無いくらいの距離まで近づいたその人はただただ真っ黒であり目も口も無かった。

服も着ていない……。

いや、髪も無ければ、耳も鼻もある様には見えなかった。

体を斜めに傾けながら二本足で歩いているそれは確かに人間のシルエットはしていたが、そこにあるべき全ての要素が欠如していた。

母親は更に強く彼の手を握り直す。

そして、その黒い人とすれ違う時、彼は間違いなく、声を聞いた。

「こんばんは……」

機械で合成されたような低い声音。

口は無いはずだった。

しかし、間違いなく彼の耳にはその声が聞こえた。

すると、母親は歩く速度を上げると同時に彼の手を痛いほどに握ってくる。声を出すな！と戒めるかのように……。だから、彼は先ほどの母の言葉を思い出して口をつぐんだ。

母親は、余程恐ろしかったのだろう。どんどんと歩く速度を上げていき、彼はまるで引きずられるようにして足を動かし、もう付いていくのがやっとの状態であった。

（早くこの場から逃げなければ……！）

頭にはそれしかなかった。

恐怖で頭が支配され、ほとんど走るようにして母についていく。

すると、ふいに背後から声が聞こえた。

「あの、すみません」

先ほどとはまるで違う、ごく普通の男性の声に聞こえた。

（誰か大人が来てくれたんだ！）

恐怖で固まっていた彼は安堵し、思わず「はい？」と振り返ってしまった。

心臓が止まりそうになる。

大人なんかじゃない。そこには先ほどの黒い人が立っていた。

何も無いはずの顔が何故か笑っているように見えたという。

「馬鹿！」

母親の叱責する声が聞こえた。

と、次の瞬間、暗闇の中から更に黒い人が現れた。

いったい何処から現れたのかと思うくらい大勢の黒い人が湧き出し、道を埋め尽くすように彼らの前方と後方を塞いだ。

母親の手の震えは止まっており、何故か彼の体をしっかりと抱きしめると、右側にあった用水路の中へと飛び込んだ。

何が起こったのかは分からなかった。

次の瞬間、母親の体が冷たい水の中に飛び込む音が聞こえた。

そして彼自身も、沢山の冷たい水を浴びてしまった。

そして、母親は彼の体をしっかりと抱きしめながら、キッと上を見上げたという。

彼も同じようにして上を見上げると、そこには
農道を埋め尽くさんばかりに黒い人が溢れかえっていた。

「近寄るな！　あっちにいけ！」

母親の大きな声で叫ぶ。

彼らを見下ろす黒い人の群れは、互いの顔を見ながら低いうなり声をあげていた。

母は彼を守るため必死なのだと、抱かれた腕と鬼気迫る顔つきから理解した。

その瞬間、何故か上にいる黒い人らに向かって謝らなければという思いが突き上げてきた。

（ごめんなさい……ごめんなさい……）

心の中で必死で詫びる。

こんなにも真面目に謝ったことなど一度もなかった彼だったが、その時は心から謝らなければと思ったという。

どれだけの時間が経過しただろう。

彼はずっと謝り続けていた。

黒い人たちに。そして、自分の母親にも……。

すると、上で彼らを見下ろしていた黒い人は一人、また一人とその場から離れていった。道を埋め尽くしていた黒い人影は最後の一人になり、その一人も悔しそうな顔を見せると、そのまま何処かへ消えていった。

それを見て、母親はその場にへたり込んでしまった。川の水は、彼の手足からかなり感覚を奪っていた。彼でさえそうなのだから、ずっと彼を抱いたまま体の殆どを水の中に浸けていた母親が歩けないほど消耗しているのは明らかだった。

「お逃げ……」

母親はそう言った。


彼は必死で農道まで這い上がると、そのまま一気に家まで走った。家には父親がいて、彼の話を聞くと顔色を変えて支度を始めた。

近所の知り合いにも声をかけ、かなりの人数で先ほどの場所へと向かう。彼はその間、ずっと家の中で震えていた。

そして、それから三十分ほど経った頃、大人たちが母親を抱えるようにして戻ってきた。

相変わらず手足は動かないようだったが、顔は元気そうに見えたという。

結局、母親はそれからしばらく入院して、元気になって戻ってきた。


このことがあってから、農道には誰も立ち入らないように立ち入り禁止の警告板が設置され、その道を利用する者は一人も居なくなった。

そんな曰くの道であったが、今ではしっかりと大きな一本道が通っている。通学路にもなっており、元気に学生さんたちが登下校に利用している。

それでも、いまだにその道では夜に人外のモノを見たという噂が絶えない。今でもあの黒い人は、そこに居続けているのかもしれない。

横に寝る

これは知人が体験した話である。

彼が中学生の頃、大好きだった祖母が亡くなった。

両親が共働きだった彼は小さな頃からずっと祖父母に可愛がってもらっていた。

欲しいものは何でも買ってくれたし、両親から怒られて逃げ込むのはいつも祖父母の所だった。

ゆえに、彼にとって祖母の死はまさに青天の霹靂だったという。比喩でもなんでもなく、本当に目の前が真っ暗になった。


さて、彼の住んでいた地域には昔から変わった風習があった。

それは亡くなった人といちばん親しかった者が、通夜の晩に故人と手を繋ぎ、添い寝をしてあげるというものだ。

亡くなった人を孤独にしない、大切な人を亡くした人に最後のお別れをさせてあげる——そんな意味合いがあるらしい。

祖母が亡くなった時、この添い寝の役が彼に回ってきた。

祖母ともっとも仲が良かったのは彼だったし、祖母も彼のことを溺愛していたのだから順当な役回りと言えよう。

いよいよ通夜の晩。

奥の部屋に寝かされている祖母の所へ行く前に、祖父に呼ばれた。

「今夜の役回りは大切なものだから、しっかりと頼むぞ。ただな……昔、亡くなった人に連れて行かれた者がいたんじゃ。だからもしも危険を感じたら、すぐに繋いだ手を放すんだぞ」

そう言われたという。

正直、何を言っているのかよく分からなかったが、面倒なので「うん、わかった」と答えておいた。

白装束に着替え、祖母のいる部屋へ入る。こうすることで死者からも姿が見えるようになるらしい。

祖母は部屋の中央にのべた布団に寝かされていた。こうしてみると、ふつうに眠っているみたいだ。

彼は隣に敷かれた布団に潜り込むと、祖母の布団に手を突っ込み、彼女の手を握る。

動かぬ手は冷たかった。

ただ包むように握っていると、ああ、本当に死んでしまったんだなという実感が湧いてきて、涙が溢れた。

彼は天井を見つめたまま、祖母に話しかけた。

(ばあちゃん……今まで本当にありがとうな……。本当に悲しいけど俺、頑張るから……。だから、安心てゆっくり眠ってくれよ!)

その時、ふと視線のようなものを感じてはっと横を見た。

心臓が止まるかと思った。

布団に横たわる祖母が、顔をこちらに向けじっと彼を見つめている。

生前の祖母とはまるで別人の顔に見えた。

(ば、ばあちゃん)

悲しみが一瞬にして恐怖に変わる。

どうして?

さっきは間違いなく目を閉じて上を向いて寝かされていたのに……。

まるで自分のほうが死体になってしまったかのように彼は布団の中で固まった。

今にも祖母が起きだしてきそうで怖かった。薄情な孫と言われても仕方ない、とにかくその時の彼には祖母に対する恐怖しかなかったという。

(もう……嫌だ……っ)

耐えきれなくなった彼は、繋いだ手を解こうとした。

ところが、一方的に掴んでいただけのはずの手がなかなか離れない。

彼は上半身を起こすと、できるだけ祖母のほうは見ないようにして手を外そうとした。

手がぬるつく。いつの間にかびっしょりと汗をかいていた。

と、その掌にぐっと指が食い込んだ。


え？　なに？


彼はもうパニックになっていた。

どうしたらいいのか分からない。

混乱しているうちにも祖母の手は更にきつく彼の手を握りしめてくる。

彼はそれでも必死に自分に言い聞かせていた。

（これはただの死後硬直だ……怖がるな……！）

だが、祖母の手はまるで生きているかのように彼の手を握って離さない。力任せに手を引き抜こうとした彼は思わず祖母のほうを見てしまった。

「ひっ……」

今度こそ心臓が止まった。

布団から上半身を乗り出した祖母がにじり寄るように彼に近づいていた。

萎んでいた口は大きく開き、目が不気味に笑っている。

怖い。怖い。怖い。

大声を出したつもりだったが、家の中からは何の反応も無かった。

じいちゃんが言っていたのは、こういうことだったのか。

それじゃ、俺はこのままばあちゃんに連れて行かれてしまうのか？

そう思うと、恐怖でいっそう体が硬直した。

それにしても信じられない光景だった。

どうして死んだ者が動けるのか。

どうして、俺を連れて行こうとするのか。

あんなに可愛がってくれていたのに……。

そう考えると、恐怖のさなかにも涙がこぼれてきた。

彼はもう、なかば諦めていたのかもしれない。

その時、突然襖が開いて誰が部屋の中に飛び込んできた。

祖父だった。

祖父は携えた木の棒で、彼と手を繋いでいる祖母の手の甲を何度も打ちすえた。

「このばかもんが……！　どうして、孫を連れて行こうとする？　はよ、手を離さんか！」

怒鳴りながら、力いっぱい木の棒を振り下ろす祖父。

彼の手にも当たり激痛が走ったが、鬼気迫る祖父の姿に何も言えなかった。

しばらくすると、祖母の手ははたりと彼の手から離れた。

祖母の手は骨が砕けたのか、形が崩れズタズタになってしまっていた。

彼のほうも指の骨が数本折れているのが自分でもわかったという。

指は想像以上に痛かった。

しかし、祖母の手が自分から離れたということ。連れて行かれずに済んだということが何より嬉しかった。

彼はそのあとすぐ病院に連れて行かれたが、祖父が寝かせ直した祖母に向かって愛おしそうにこう言っていたのを覚えている。

「寂しいかもしれんが、じきにワシもそっちに行くんだから……な？」と。


それから一ヶ月も経たずに、その言葉は現実のものとなった。

ある朝、起きて来ない祖父を心配して家族が見に行くと、蒲団の中で冷たくなっていた。

その死に顔は、眠るようにとはほど遠いものであり、何かに脅えるような死に顔だったという。

そう。あの夜、彼が見せた顔のように。

彼はこう思っている。

じいちゃんはばあちゃんに連れて行かれたのだと。

「じいちゃんは、俺の代わりに連れて行かれたんだよな……きっと」

彼は寂しそうにそう話を締めくくったった。

台所の窓

これは昔、俺が体験した話である。

念願のマイホームを手に入れた俺は、土曜ということもあり家の中でゴロゴロしていた。妻は仕事で不在、娘もまだ生まれていなかったので、一人気ままな休日である。それでも新築ということで、妻からはいくつかの仕事を言い渡されていた。

それは、家の中の掃除である。

共働きゆえ、結婚する時に「家事は二人で分担してやっていこう」と決めたのだが、それをちゃんと守り続けているのは自分でも意外だった。一人暮らしの時は、掃除なんか一年に一度やっておけば大丈夫、というタイプだったのだが……。

妻は休日出勤もやむなしの業種のため、家事を分担するということは必然的に、休みの日の当番はほとんど俺になることを意味していた。

その日も妻からは、連絡用のメモに「その日のやって欲しい家事」が細々と書かれていた。

トイレ掃除に風呂掃除、そしてリビングと廊下の掃除機掛け。そして、台所回りの掃除と、晩御飯の用意。これが今現在も続いている我が家のルールなのだから、それを守っている自分も我ながらけっこういい夫なんじゃないかと感心してしまう。

見ていたテレビ番組が、面白くなくなってきたので、俺は重い腰をあげて妻から言い渡されていた家事を、さっさと済ませてしまうことにした。

とりあえず、一番時間がかかるであろう晩御飯の用意から、手をつけることにした。

最初は、俺が好き勝手に材料を買い込んで作っていたのだが、どうやら予想以上に金額がかさんでいたらしく、その頃になると事前に妻が買っておいた具材を使って、指定された料理を作らなければならなくなっていた。

だから、それまでのように過去に作ったことのある料理を手軽に作るのではなく、料理本とにらめっこしながらの調理になってしまう。

まあ、そのお陰で今では、魚のおろし方、ダシの取り方もマスターし、大体の料理は本を見ないで作れるようになったのだが……。

そんなわけで、その日も例に洩れず、俺は料理本とにらめっこしながら必死に具材を調理していた。

すると、何処からか声が聞こえてくる。

中年女性の声だった。

まな板から顔をあげると、台所の窓の向こうから、見知らぬおばさんがこちらを見て笑っていた。

「あの、何か？」

戸惑いつつ声を掛けると、おばさんはいっそう笑みを深め、

「○○ちゃんも、もうすっかり旦那さんって感じだね！　でも、偉いね。ちゃんと家事を手伝ってるなんて！」

と、話しかけてくる。

正直、俺はそのおばさんの顔に見覚えはなかった。

だが、おばさんの口ぶりからすると、どうも昔から俺のことを知っているらしい。

困った俺は、「はぁ…まあ、妻からやっておくように言いつけられたので……」と当たり障りのない返事をした。

おばさんはうなずくと、構わずに話を続ける。

「そう言えば、この前、○○さんのおじいちゃんが亡くなられたのよ」

「○○さんの家の奥さん、もう病気で長くないらしいわね……」

等々。

俺の知らない人の話ばかりだったので、ただ茫然とその話を聞いているしかない。夕飯作りは進まないし、俺は困っていた。

十分ほどそんな時間が続いただろうか。

「あら、ごめんなさい。手を止めてしまったわね！」

おばさんは唐突にそう言うと、窓辺から立ち去った。

（あの人、何だったんだ……？）

しばらく調理を続けていたのだが、そのうちにあることに気が付いた。

我が家は三辺が塀で囲まれており、台所の窓は道路に面していない。

だから、先ほどのおばさんのように、台所の窓から話しかけようとすれば、塀を乗り越えてわざわざ我が家の敷地内に入って来なければ不可能ということになる。いわば、不法侵入だ。

そう思うと、あまり良い気分はしない。

俺は、今度現れた時にはしっかりとそのことを注意しようと心に決めた。

次におばさんが現れたのは、それから約一か月後のこと。

同じように俺が台所で夕飯の準備をしている時だった。

ふと窓辺に現れて、前回と同じことを言う。

「○○ちゃんも、もうすっかり旦那さんって感じだね！　でも、偉いね。ちゃんと家事を手伝ってるなんて！」

いきなりのことに、次はちゃんと注意しようと思っていたことも頭からすっぽ抜け、俺は「あっ、どうも……」とまぬけな返事をしてしまった。

するとおばさんは、またしても、

「○○さんの家、家族全員が煙草を吸うんだって。火事にならなきゃいいんだけどねぇ……」

とか、

「○○さんの家、おばあちゃんが、いよいよ危ないみたいよ……」

などと勝手に話しかけてくる。

相変わらず出てくる名前は知らない人ばかりだったから、ただ黙って聞いていた。

そうして十分くらいすると、

「あら、ごめんなさい。手を止めてしまったわね……」

と言ってどこかへと立ち去っていく。何もかも前回と同じだった。

(ほんと何なんだろう。他人の不幸話ばかりしていて楽しいのかな?)

変な人だとは思ったが、さりとて深く気にも留めることもなかった。

それから数日後、近所で火事があった。

結果的に二人が亡くなる大惨事で、俺は出火した家の名字を知り慄然とした。

珍しい姓なので、記憶に残っている。

それは、紛れもなくあのおばさんが「火事にならなきゃいいけど……」と話していた家の名前に相違なかった。

(まさか、な……)

単なる偶然だろうと頭を振り、俺はそれ以上深く考えるのはやめた。


例のおばさんは、その後も俺が台所で調理をしていると現れるようになり、三週間に一度、二週間に一度、一週間に一度と、だんだんとその周期は短くなっていった。

相変わらずおばさんのおしゃべりは不吉な話ばかりで、俺はただ「はぁ」と聞くばかり。その日も夕方一人で台所に立っていると、ふらりとおばさんがやって来た。その頃にはおばさんの来訪にもすっかり慣れてしまい、俺は「ああ、またか」と思うだけになっていた。

どこの誰かも分からない他人の不幸話を適当に聞き流し、手を動かす。

ただその時、初めて俺の知っている名前が出た。

我が家と交流のある斜め向かいの家。

その家の父親が、近々死ぬという話だった。

それを聞いた瞬間、さすがに俺もムッとした。

「あの家のお父さん、普通に元気ですけどね！　というかあなた、他人の不幸ばかり話して楽しいんですか？」

語気を強めて言い返すと、それまで笑っていたおばさんの顔が豹変し、ぞっとするほど冷たい顔つきになった。

おばさんは蛇のような目で俺を見据えると言った。

「楽しいわよ。だって、人が死ぬんだから……」

その言葉を聞いて、俺の中で恐怖が怒りに変わった。

「ちょっと、そこで待っててくださいね！」

そう言うと急いで玄関まで走り、台所の外に回る。

しかし、そこにはもう誰もいなかった。

いったいどこへ逃げたのかと思いながら、はたと気がついた。

俺の家は、洪水対策としてかなり基礎を高く作ってある。

だから、台所の窓までででも、優に二メートル以上はあるのだ。

その高さにある窓から顔を出して俺と喋るには、少なくとも身長が二メートル五十センチはなければいけないことになる。

（そんな、ばかな……）

俺は狐につままれたような気持ちで立ち尽くした。

あれは、本当に人間だったのだろうか……。

それから数日後、斜め向かいの家の父親が、突然仕事中に亡くなったと聞かされた。

おばさんの独り語りは、本当だった。少なくとも二軒は的中している。

気になった俺は、近所で亡くなった方の名前を調べてみた。

すると、俺の記憶している限り、あのおばさんが名前を出した人は間違いなくその後すぐに亡くなっていた。

いったい何が起きているのか……。

現実は俺の理解をはるかに超えていた。

数日後。

俺は再びおばさんの姿を目撃した。台所ではない。斜め向かいの父親の通夜で見かけただ。

おばさんは黒い喪服に身を包み、ぽつんと一人離れた場所に座っていた。

俯いた口もとにはうっすらと、だが確かに笑みが浮かんでいる。

それが俺がおばさんを見た最後だった。

思えば、おばさんが現れるのは俺の前だけであった。妻の前に現れたことは一度もない。

いつもいつも、俺が一人でいる時に狙いすましたようにやってくる。何となくではあるが、俺はこんなふうに考えている。あのおばさんは死神のような存在だったのではないか……と。

死神にテリトリーというものがあるならば、あの死神の持ち場がきっとこの近辺だったのだろうと、そう理解している。

しかし、分からないこともあった。

なぜ、おばさんは俺の前だけに現れたのか。

そして、なぜ俺のことを昔から知っていたのか……。

そこだけは、いまだに謎のままである。

永遠に謝り続ける夫婦

これは俺の知人が体験した話。

それは彼が三十七歳の誕生日を迎えた夜から始まった。

彼はその夜、何故か突然目が覚めてしまった。時刻はちょうど午前二時を回った頃。いつもは、寝ると朝まで起きない性質だったから、どうして自分がそんな夜中に起きてしまったのか、全く分からなかった。トイレに行きたい訳でもなく、寝苦しかった訳でもない。なんとかもう一度寝ようとするのだが、どうしても眠れない。

その時である。

部屋の中に誰かがいる気配を感じた。

恐る恐る蒲団から上半身を起こし部屋の中を見回した彼は、信じられない光景を目にする。

歳の頃は五十歳くらいだろうか。

見知らぬ男女がが一組、フローリングの床に正座してひたすら頭を床にこすり付けていた。

何が起こっているのか、全く理解できない。

しかし、その男女は額をすり付けるようにしながら、何かをブツブツと喋っていた。

男女に心当たりはまるでない。会ったこともなければ、話したこともない人間であることは明白だった。

何しろ、その男女の着ている服が時代劇に出てくる農民のような恰好で、現代に生きる人たちとは到底思えなかった。

だから尚更恐ろしく感じたという。

この人たちはいったい何者であり、どうしてこんな時刻に、自分の部屋の中にいるのか？

そう考えると、恐ろしさはどんどん増していった。

それは、彼らが生きている人間ではないと確信したからに他ならなかった。

そして、それと同時に彼は自分の体が固まったかのように全く動かなくなっていることにも気付く。

そうなると、彼の頭の中は完全にパニックなってしまった。

なんで、俺が幽霊の襲撃を受けなくちゃいけないんだ？

俺が何かしたのか？

どれだけ考えてもその理由など思い浮かばない。

そんな時、彼の耳に思いがけない言葉が聞こえてくる。

〈申し訳ないことで……。死ぬまで謝らせてもらいますで……〉

声は小さいが、確かにそう聞こえた。

この二人の男女は、もしかしたら俺に謝っているのか？

見ず知らずの俺に、どうして謝ってるんだ？

彼は更に訳が分からなくなってしまう。

そして、それは朝方になるまで続けられ、朝日がのぼる頃、ふっと消えていった。

と、同時に金縛りが解け、彼は慌ててベッドから飛び起きたという。

妻に、昨夜のことを話すと、「夢を見たか、寝ぼけてたんじゃないの？」と全く相手にされなかった。

しかし、彼には朝方まで金縛りにもあっていた、という記憶が鮮明に残っていた。

とはいえそんなことで仕事を休むわけにもいかず、彼は眠たい目を擦りながら会社に向かった。

寝不足での仕事はさすがに辛かったという。

しかし、次の日の夜も昨晩と同じ時刻に目が覚めてしまった。

今度はベッドから体を起こさずに首だけを起こして周囲を確認する。と、やはり、二人の男女が部屋の中にいた。昨晩と同じ男女であり、また頭をフローリングに押し付けるようにして、ブツブツと呟いていた。どうやら、またしても昨晩と同じように謝っているようだ。


〈申し訳ないことで……。死ぬまで謝らせてもらいますで……〉


その言葉を聞いた途端、彼の体はまたしても金縛り状態になってしまう。

そして、今度は彼が起き上がらなかったからなのか、彼が寝ている顔の近くまでやって来て、ベッドの縁に頭を何度も押し付けるようにして謝り続けた。

焦げ臭い線香の匂いがした。

彼は間近で見ることになった二人の男女の顔を見ながら、必死に恐怖と闘った。

ただ、収穫もあった。

二人が謝っている間に交わしている言葉から、その男女が夫婦であるらしいことが分かったのだ。

結局、その夜も彼は朝まで全く身動きできないまま過ごした。

相変わらず妻にその話をしても信じてはくれない。

そんな夜が毎日続くようになった。


ある日、彼が仕事から帰宅すると、妻から白い小さな紙の袋を渡された。

紙袋の中身を見ると、そこにはお守りが入っていた。

「どうしたんだ？　信じてくれなかったのに……。」

そう言うと、妻は真面目な顔で教えてくれた。

「昨日ね、心配になってあなたが言っていた時刻に部屋を覗こうとしたの。だけど、部屋のドアが全く開かなかった……。代わりに部屋の中から年配の男女の声が漏れ聞こえたの。あれは、あなたの声じゃなかった…間違いなく。だから、今日は仕事を早めに切り上げて、神社に行って来たのよ。事情を話したら、このお守りを渡されて……」

「そうか……」

彼は妻が信じてくれたことがとても嬉しかったという。

その夜は、妻のくれたお守りをしっかりと握って眠りに就いた。

だが、やはり真夜中に目が覚める。

時計を見ると、いつも通り午前二時を少し回っていた。

そして、いつものように部屋の中に気配を感じ、そちらに目をやると、例の夫婦がいつものように謝り続けていた。

しかし、その夜は、お守りの効力なのか、体の自由が利いた。

彼はゆっくりとベッドから上体を起こすと、それまで何度も言おうと思ったが金縛り状態のために言えなかった言葉を口にした。

「あの……もう謝らなくても良いですから……。どうして謝っているのかは分かりませんが、もう十分気持ちは伝わりましたから。ですから、もう頭を上げてください……」

すると、謝る言葉がぴたりと止み、動きも止まる。やがて、ゆっくりと上体を起こしてくるのが見えた。

（通じたのか……）

そう思った。すると、次の瞬間その夫婦はすくっと背筋を伸ばし、彼の顔を直視した。

その目は暗く燃え、怒りに満ちていた。

言葉では説明しようがないほど恐ろしい顔だった。

そして、夫婦はまるでセリフでも言うかのように二人同時にこんな言葉を言ったという。

〈まだ、駄目だ……。じゃっせられるたべ？　お前が死ぬまで続けるんだ……〉

その時、彼は自分が勘違いしていたことに気付いた。

〈死ぬまで謝らせてもらいますで……〉というのは、彼らが死ぬまで謝り続けるという意味ではなかった。彼に死んでもらうという意味なのだ。

ただ、お守りのお蔭か夫婦はそれ以上は彼に近づいてこられなかった。

朝を迎えた彼は仕事を休んでお守りをくれた神社へと駆け込んだ。

そして、三日間かけてその霊を祓ってもらったのだという。

ただ、その夫婦が何者であり、どうして彼に謝っていたのか。

なぜ謝ることが呪い殺すことに繋がるのか。

それ二点はいまだに分かっていないということである。

神隠しというもの

これは知人が体験した話である。

その時、彼は暗い洞窟のような場所で目覚めた。

彼が住んでいたのはそれ程過疎化していない地方都市。バスも普通に通っていたし、近くにはコンビニもあった。確かに田舎ではあったが、大きな団地も立ち並ぶいたって普通の町と言える
その日、親に頼まれて近くの酒屋に買い物に出たことまではしっかりと覚えている。

通い慣れた道には人通りもそれなりにあり、何もおかしな所はなかった。

しかし、そこからの記憶が完全に飛んでいる。

気が付くと、知らない場所に寝かされていた。

誰かに攫われた記憶もなかったし、事故に遭った記憶もなかった。だから、どうして自分がそんな場所に寝ているのか、全く理解できなかったという。

最初は暗くて身動き一つできなかったが、しばらくすると目が慣れてきて、おぼろげな

がら周囲が見えてきた。

そこで初めて自分が池の畔に寝かされていたことを知った。

どうして洞窟の中に池があるのか。

その池はどこまでも深くまで続いているような気がするとともに、今にもそこから何かが浮かび上がってきそうな気配がしてとても恐ろしく感じた。

彼は立ちあがって洞窟の壁を探した。

足元は少しヌルヌルしていたが歩けないことはなかった。

慎重に足を進め、ゆっくりゆっくり壁があるであろう場所まで手探りで進む。そして、ようやく壁らしきものに手が届いた。

が、彼は反射的に壁から手を離した。

指先に触れた感触が妙に柔らかく、そして生温かったからだ。

まるで……何かの体内にいるかのように。

そう感じたという。

しかし、壁を伝わなければそれ以上暗闇の中を進むこともできず、彼は気持ち悪さを押し殺して、再び手で壁を探りながら横へ横へと移動していった。

だが、どれだけ進んでも出口どころか光さえも見えなかった。

洞窟の中を何周しただろうか。

突然彼は足場を失い、その場から転落する様に下へと滑り落ちた。

周りが全く分からない中での落下は想像を絶するほど怖いものだった。

だから、彼は必死に目を閉じた。

本当は声も出したかったのだが、なぜかここで声を出してはいけないとう感じたという。

直感というのか、本能というのか……全く説明はつかないのだが。

そして、数メートルほど落下しただろうか。

落ちた所は藁が積み重なっていたようで、痛みはそれほど感じなかった。

ゆっくりと目を開ける。

そこには林が広がっており、木々の間から差し込む日光がとても眩しかった。

(帰らなきゃ……)

家に帰りたい。

彼はとぼとぼと林の中を歩き始めた。

林の中の木々には点々と白い布が巻きつけられており、それが道しるべのように感じた彼は、それを追いかけるように林の中を進んでいった。

幸い、林はそれほど深くはなかった。

五分ほど歩いた時、唐突にいつもの町並みが目の前に広がったという。

彼は嬉しいのに声も出さず、ぼんやりとした頭で町の方へと歩いて行った。

その途中、彼はとても不思議に思った。

いつも町では友達と一緒に色んな所に遊びに出掛けている。それほど広い町でもないのに、たった今自分が歩いてきた林を見たことは一度もなかった。そんなことがあるのだろうか……。

それでも、町まで戻ってきた彼は、必死に自分の家の方へと歩いた。

本当は走り出したかったのだが、なぜか体に力が入らず歩くだけで精いっぱいだった。

すると、前方から彼の母親が大声で彼の名前を呼びながら走って来るのが見えた。

(おかあさん……!)

彼は、思わず叫びそうになったがすぐに止めた。

何か様子が違っていた。

今目の前にいる母親は、間違いなく自分の姿が見えていない。

そう感じたという。

茫然と立ち尽くしていると、幼稚園の先生、父親、兄弟、さらには近所の大人たちも現れて、必死に彼の名を呼びながら四方八方に走り回っていた。

どうやら、彼らにも自分の姿が見えていないらしい。

その時、初めて彼は気付いた。

自分は神隠しにあったのだ、と。


そう考えると、彼の眼からは大粒の涙がこぼれおちた。

しばらくはそうして途方に暮れているしかなかった。

しかし、何処にも行く宛てなど思いつかなかった彼は、とりあえず自分の家に向かうことにしたという。

いつも通りの町並み、いつも通りの道。

そこを歩いていくと、当然のごとく彼の家が現れた。

彼は無言で家に入った。

家族は自分を探しまわっていたし、今家の中には誰もいないのだろうと思っていた。

しかし、玄関をあがり居間まで行くと、そこに家族が全員揃って正座していた。

まるで、彼を待っていたかのように……。

何も言えずただ立ち尽くしている彼に、両親が言った。

「やっぱりお前はこちらの世界のほうを選ぶんだね……。それは仕方のないことかもしれない。ただ、それは悲しい結果をもたらすことになる。それだけは忘れてはいけない。また、お前が一人になった時に迎えに来るとしよう……」

そう言われたという。

意味は全く理解できなかったが、言葉は妙にくっきりとそのまま記憶に刻み付けられた。


気が付くと、彼は町はずれの池のほとりに立ち尽くしていた。

そして、とぼとぼと歩いて家に帰ると、そこにはいつもの家族が待っていた。

父親は驚き、母親は泣きながら抱きしめてくれたという。

周りの大人達も、皆、喜んでくれた。

そして、それは驚きとともに新聞にも載せられた。

なんと彼が行方不明になってから二週間以上が経過していたそうだ。

無事に帰ってきたことを喜んだ後には、彼がその間、何処で何をしていたのかということが問題になった。

しかし、彼がありのままを話しても、その話を本気で信じてくれる大人は一人もいなかった。


それからまたいつもの日常生活に戻った。

小学校を卒業し、中学、そして高校と、ごく普通に少年時代を過ごした。

そうして社会人になった彼は、その数年後、あの時言われた言葉の意味を思い知ることになる。

それは、彼の家族がどんどんと亡くなっていったということだ。
病気、そして事故……不可解な死因は一つとしてなかったが、気が付くと彼は天涯孤独になっていた。

そして、あの時、言われた言葉が脳裏を駆け巡る。
『また、お前が一人になった時に迎えに来るとしよう……』
あの時の言葉通りに、自分には悲しい結果が待っていた。
それは独りぼっちになるということだ。
だとしたら、独りぼっちになった自分を今こそ迎えにくるのかもしれない。
あの時の……〈家族に似た何か〉が。

彼はそう言って寂しそうにこの話を俺に聞かせてくれた。
その後、彼とは突然音信不通になった。
今は彼が連れて行かれたのではないことを祈るしかない。

尾行

これは以前、飲み屋で知り合った方から聞いた話である。

彼の年齢は五十代後半。

以前、探偵の仕事をしていたことがあるのだという。

探偵、と聞くと俺などはついミステリー小説に出てくるような名探偵を想像してしまうが、実際には刑事事件に関わることはそうそうない。あくまで民間の営利目的で経営されているわけで、そんな物騒な事件は扱わないのだそうだ。

ゆえに、仕事の大半は素行調査や身辺調査なのだという。

夫婦やカップルが相手の浮気を疑ったり、離婚調停を有利に進めたりするために素行調査を依頼してくることも最も多く、また、結婚前や就職、人事での昇格の前に、身辺調査を依頼してくることも多いのだそうだ。

相手の素行を調査したり、身辺調査をしたりする際には、やはり相手の尾行と周辺への聞き取り調査が有効になる。

ドラマのように車で尾行することはごく稀であり、実際には出張先についていき、そこで電車やバス、タクシーなどを利用して相手を逃さないように執拗に張りついていく。

そのためなら交通費など気にしていられないので、必要経費としての交通費はかなり高額なものとして請求されるらしい。

彼が勤めていたのは東京にある探偵事務所だった。

バイクにも乗れた彼はそれなりに重宝されたという。

荷物には現場で証拠写真を撮影するための、かなり立派かつ高倍率なカメラがいつも入れられていた。

その時、彼が担当していたのは浮気の素行調査だった。

結婚してまだ数年という新婚とも言える頃だったから、奥さんには離婚する意思はなかったし、とてもではないが夫に疑惑をぶつけることもできない。悩んだ挙句、親元からお金を借りて探偵事務所に素行調査を依頼してきたようだった。

結婚してからずっと優しく、何処に行くにも一緒だった夫が、半年ほど前から突然毎週土曜日の夕方になると一人で何処かへ出掛けて行き、翌朝になるまで帰って来ない。

そして日曜日の朝方に帰って来る時は、いつもお香のような匂いを衣服につけているのだという。

夫に何処に行っていたのかと聞いても、自分でも分からないなどと不思議なことを言う。

あまりにも変なので、一度奥さんも夫の後をつけてみたことがあるそうだ。

しかしその時は、角を曲がった途端に夫の姿が消えてしまったという。

その話を聞いて彼は、ああ、これは間違いなく浮気しているな……と、思った。

毎週土曜日から日曜日の朝まで居なくなるというのだから、仕事は至極簡単だ。

要は、土曜日の夕方からぴったりと夫をマークして尾行し、決定的な証拠写真を撮れば完了だ。

だた、それだけだった。

（素人とプロの尾行は根本的に違うんだよ……）

そう思いながら、彼は夫が自宅から出て来ると、そのまま尾行を開始した。

どうやら駅に向かっていた夫だが、尾行を開始してから数分後には彼の目の前から消えてしまった。

けして見失うほどの距離はとっていない。

夫が角を曲がってから三秒後には同じ角を曲がったというのに、夫の姿は忽然と消えてしまっていた。

周りには隠れるような建物も、脇道もない。

引き離されるはずもなかった。

こんなことは初めての体験であり、プロとしてのプライドを傷つけられた気分だった。

次の週末には、他の社員の協力も得て、大人数で尾行した。

夫が行く先々にも無線で連絡を取り合い先回りして対応した。

しかし、結果は同じであり、夫が曲がり角を歩いて曲がったのをしっかりと目視していたが、先回りしていた社員からは曲がり角を曲がってくる夫の姿を確認できなかったという。

(そんな馬鹿な……)

だが現実に夫は消えてしまっている。

彼らは、その曲がり角に何か仕掛けでもあるのではないかと丹念に調べたが、そんな仕掛けなどあるはずもなく、完全に途方に暮れてしまったという。

しかし、尾行できませんでした、では仕事として成り立つわけもない。

上司はその当時の最先端ツールであった高額のGPS発信機を使ってみるよう彼に指示した。

彼は奥さんに頼み、夫の荷物に見つからないようにGPS発信機を隠してもらった。

準備は万端、いよいよ土曜日がやってくる。

今日も変わらず夕方になると夫が家から出てきた。

周辺には、ＧＰＳの信号を拾うための機材を積みこんだ車が用意され、その時に備えている。

駅に向かう夫が、いよいよ例の曲がり角を曲がった。

すると、途端に夫の姿は彼の視界からも、そしてＧＰＳのマップ上からも忽然と消えた。

（こんなばかなことが！）

そこに居た誰もがそう思った。

もうこれは完全に、浮気の素行調査という枠を超えていた。

人が忽然と消えてしまうとなると、誰もが気持ち悪がってしまい、その場から逃げるようにして帰っていった。

しかし、彼だけは諦めきれなかった。プロの意地かもしれない。

それに、この機会を逃せばもうＧＰＳを使った追尾はできなくなるだろう。

彼はＧＰＳマップをオペレートできる社員に頼み込んで、そのまま奥多摩に向かったという。


何故、奥多摩なのか。

それは、彼が日曜日の朝、奥さんに電話をかけてきたことが何度かあり、その全てが奥多摩にある電話ボックスからだったたからだ。

しかし、手掛かりはもうそれしか残されていない。

そして、彼の推理を裏付けるように、突然、彼のバッグに忍ばせたGPS発信機がマップ上に表示された。

それはまさしく、今彼らが向かっている奥多摩からの発信電波に他ならなかった。

彼はもう相手に勝ったような気分になって、今度こそ証拠を掴んでやるからな、と意気込んだという。

時刻は深夜〇時を回っていた。

奥多摩は完全に闇に包まれていた。

彼は夫に気付かれない程度の距離に車を停めて社員を待機させ、彼自身は暗闇の中で夫の尾行を再開した。

まるで、何かに引き寄せられているかのように、夫はフラフラと進んでいく。

尾行していると、一台の公衆電話ボックスが目にとまった。

（いつも、ここから奥さんに電話しているのか？）

自動車道路から離れ、山道を黙々と進む夫の姿は、とても不可思議に映った。

空が晴れていてくれたお陰で、懐中電灯など使わなくても歩いていけるほどの明るさがあったという。

山道はどんどん細くなっていき、少しずつ傾斜がきつくなる。

こんな所で浮気相手と密会しているというのか？

彼は段々と不安に駆られていく。

すると、細い道のずっと先にぼんやりと小さな明かりが見えた。

あの明かりは？

もしかしたら、こんな所に建物があるというのか？

そう思った。

しかし、夫は相変わらずふらふらと、そして確実にそのぼんやりとした光に向って歩いていた。

彼は少し夫との距離を詰めようと思い、足に力を入れた。

そして、そこで急に立ち止まった。

……後ろに誰かがいる。

気のせいなどではない。間違いなくいる。

その証拠に、彼の体は蛇に睨まれた蛙のように全く身動きが取れなくなっていた。

そして、突然背後から、いや、背後の上の方から声が聞こえた。

〈あいつは私のもの……。邪魔するんじゃないよ……。それともあんたも死にたいのかい？〉

確かにそう聞こえた。

低く太い女の声だったという。

彼はその場で腰が抜けてしまいヘナヘナとへたり込んだ。

すると、真白なドレスを着た巨大な女が、彼の後を追う様に、細い山道を進んでいくのが見えた。

その動きは歩いているというよりも、蛇の進み方に近かったという。

(これは絶対に見てはいけないモノだ……。もしも見たとしたら、それはきっと殺されるということなのだろう……)

そんな気がして恐ろしくなり、すぐに目を閉じた。

そして、その場で目を閉じたまま、必死に暗闇の恐怖と闘いながら朝を迎えることになった。

朝になり、心配して探しに来てくれた同僚に彼は助けられた。

背中にはべったりとした何かが塗りつけられていた。

そして、彼はその日から数日間、昏睡状態で眠り続けることになる。

数日後、目が覚めた彼は、その案件から全て手を引くことを決めた。

それと同時に、探偵という仕事からも足を洗う決心をした。

残念ながら、彼が目覚めた数日後に夫の死体が奥多摩の山中で発見された。

遺体は動物にかなりの部分を食べられていたらしいが、彼はそうではないと思っている。

あの白いドレスを着た大女……。

彼女によって殺され食べられたのだと確信したという。


最後に彼はこう言っていた。

探偵という仕事は他人の裏の部分、逆にいえば、本質を暴く仕事だ。しかし、この世には絶対に人間がさらけ出してはいけない世界が確かに存在するんだ。

だから、探偵なんて仕事を続けていたら命が幾つあっても足りないのさ！

そう言って笑っていた。

待ち合わせ

これは俺の知人が体験した話である。

その時、彼は、当時付き合っていた彼女と待ち合わせをしていた。

いつもは車で出掛けることが多いのだが、その日は買い物と映画が目的のデートだったらしく、金沢市内のとある大型ショッピングセンターの入口で待ち合わせていた。

付き合って数年経つ彼らだが、物静かな彼と明るくよく喋る彼女の組み合わせは、傍から見てもお似合いのカップルに思えた。

しかし彼のほうはと言うと、どうやらその頃彼女に愛想が尽きていたようで、そろそろしっかり別れ話をしなければと考えていたらしい。

それでもおとなしい彼はなかなか彼女に本心を伝えられず、悶々とした日々を送っていた。

だからその日のデートでは、今日こそ別れを切り出そうと内心決意を固めていたそうである。

彼らが待ち合わせたのは、午後二時。

予定より早く到着した彼は、そのまま彼女の到着を待っていた。

彼女が遅れてくるのは日常茶飯事で、彼も待つことには慣れっこだ。とはいえ、そういうだらしのない所が別れを決意した理由の一つでもあるのだが。

ところが、その日の待ち合わせはいつにもまして彼女の到着が遅かった。普段なら十分、二十分の遅刻でやって来る彼女が、その日は三十分以上過ぎても一向に姿を現さない。

それでも、待ち慣れている彼はそのまま待ち続けてしまったが、さすがに一時間を過ぎ、今更ながら彼女に電話をしてみることにした。

携帯を取り出し発信しようとした瞬間、いきなり彼の携帯が鳴った。

番号は表示されていない。

普段は非通知の電話になど絶対に出ない彼だったが、その時は何故かその電話に出てしまった。

「もしもし？」

すると、電話の向こうから小さな声が聞こえてきた。

「ごめんなさい……遅れてしまって……」

やけに遠く感じたが、間違いなく彼女の声だったたという。

「今、何処にいるの？ずっと待ってるんだけど……」

少し憮然とした言い方だったかもしれない。彼女は、

「本当にごめんなさい……今、そっちに向かってるから……」と返してきた。

いつもなら言い訳を並べたてるか、逆ギレをしてくるところなのであれっと思った。

「……どうしたの？　何か、あった？」

なんだか気になってしまいそう聞いた。

「ううん、大丈夫……。ただ、ちょっと事情があって……今、立っている場所だとなかなか見つけられないから、そこから大通りまで出て待っててくれる？」

「え？　なんで？見つけられないって、どういう事？」

言っている意味がわからない。説明を求めるも、「お願いだから……」と言うばかり。ついには「ね、最後のお願い」とまで言ってきた。

さすがに、最後のお願い、と言われてしまうと彼にも断れなかったという。どうやら自分が別れたがっているのを彼女も感じているらしい。でなければ、そんな台詞は出てこないだろう。

その場は彼女の指示に従って、ショッピングセンターの入口から三十メートルほど離れている大通りの歩道まで出て、彼女の到着を待つ事にした。

確かに嫌な予感がしていた。

しかし、周りに沢山の人が行き来している昼間の往来というものが彼の危険感知を鈍らせていたのかもしれない。

彼が大通りに出るまでのほんの三十秒くらいの間に、それまで晴れていた空が俄に曇り始め、早くも雨が落ちてきた。

(おいおい、早く来てくれよな……)

彼は小走りで大通りへ行くと、屋根のあるバス停のベンチに腰をおろした。

その瞬間、突然タイヤの鳴く音が聞こえ、耳障りな衝撃音とともに、何かが彼の体にぶつかってきた。


そこからの記憶は彼には無かった。

気が付くと、病院のベッドの上に寝かされていた。

目を覚ました彼を見つけて看護師が慌てて医師を呼びに行くのが見えた。

(自分は事故にあったんだな……)

そう思ったという。


その後、家族も病院に駆けつけ、彼の意識が回復したことを泣いて喜んだ。

どうやら、彼が大通りに出た際、突然暴走してきた車が歩道に乗り上げ、そのままバス停に突っ込んできたらしい。

もう少しで車とバス停の柱に挟まれて即死していたと聞かされ、思わず背筋が冷たくなった。

しかし、彼が驚いたのはそれだけではなかった。

彼女のことだ。

待ち合わせに一時間も遅刻してから電話してきた彼女。

あの時、間違いなく彼は電話で彼女と話した。

しかし……彼女はその時既にこの世の者ではなくなっていた。

事故か自殺かは分からない。

ただ事実として言えるのは、彼女はその時刻には大型トラックに轢かれて即死していたということ。

しかし、その話を聞いても彼は彼女に対して手を合わせる気持ちにはなれなかった。

もしかしたら……いや、間違いなく、あの時彼女は自分を大通りまで誘い出そうとしていた。それは彼もあの世へ連れて行こうとしたからではないか……。

そう思ってしまったから。

その後、彼は長い入院生活とリハビリの末にようやく退院できたが、今も日常生活に不自由が残る。そのせいか、いまだ新しい彼女も作れていない。

「もしかしたら、それが亡くなった彼女の望んだことだったのかなぁって……」

そんな気がしてならないと言う。

家の引き戸

　彼女がそのことに気付いたのはいつからだろうか。

　彼女は大学を卒業すると、そのまま東京の会社に就職した。両親には、地元に戻って来て欲しいと言われたが、東京暮らしに慣れてしまうとさすがに田舎に戻る気にはなれず、半ば強引に東京に残ることにした。

　確かに、都会の華やかな生活は魅力的だったが、それなりに楽しく過ごそうと思えばお金も必要になる。彼女は必死で残業をこなし働いたが、さすがに心身ともに疲れてきた。そんな時、彼女はとある男性と出会い交際を始めた。

　結婚を前提にお付き合いを始めたのだが、以前にも増して出費がかさむ。理由は明白だ。彼氏のほうにはそもそも結婚する気などなかったのだ。体よくたかられ、貢がされてしまった。それを知った彼女は全てが嫌になってしまい、会社を辞めて地元に戻ることにした。

　地元では、高校時代の友人が口をきいてくれ、思いのほかスムーズに就職先は決まった。ただ、相変わらず親とは喧嘩状態だったため実家に帰るわけにもいかず、彼女は安いアパートを探した。

すると、東京なら汚いアパートも借りられないような額で一軒家が見つかった。内見させてもらったが、綺麗にリフォームされており、築年数を感じさせない。駅近で駐車場も広かったので、彼女は即座にその貸家を契約した。

平屋だが、思った以上に広かった。東京から運んできた家具や荷物を運び込んでも、生活感が感じられないくらい殺風景になってしまう。それでも、広い居住スペースは東京では望むべくもないものであり、彼女は自由に、そして快適に生活を始めた。懐かしい友達にも声をかけて自宅で食事会を催したり、大型の液晶テレビを買って、好きな映画を満喫したりと、少しずつではあるが生活を充実させていった。

しかし、いつの頃からかおかしなことに気付いた。

気が付くと、必ずと言ってよいほどドアや引き戸が少しだけ開いているのだ。

無論、彼女も几帳面な性格ではなかったから、最初は閉め忘れたのかな、ぐらいに思って気にしなかった。しかしその家で生活を続けていくうちに、ドアや引き戸がいつも開いていることに気付いたのだ。彼女は意識して、それらをしっかりと閉めるようになった。

しかし、少し時間が経って気が付くと、やはりドアも引き戸も開いているのだった。

最初は閉め忘れだと思い自分を疑ったが、それが何度も続くと、さすがに自分ではないと確信する。

しかし、自分ではない、とすれば、彼女以外の誰かがその家にいる、という結論になってしまう。

それだけは、認めたくなかった。

見知らぬ誰かと知らぬ間に同居してるいなど、恐ろしくて考えたくもなかったから。


だから、彼女は友人たちに相談した。

そして、その原因を確かめるために協力して欲しいと頼んだ。

すると、友人の何人かは協力してくれることになった。その中には男性もいたから、彼女としてはとても心強かったという。もしも、見知らぬ侵入者が、その家に隠れて住んでいるのだとしたら、やはり男性の力が必要だと思ったのだ。


次の日曜日。男女合わせて五人の友達が彼女の家にやって来た。五人で手分けして、家のドアや引き戸を一斉に閉めて、それからいったん外に出て、しばらく時間を潰す。それからもう一度家の中に入り、全員で状況を確認する。

そういう方法を選択した。

しかし、五人のうち一人の女性が急に不機嫌になり、その工程を手伝うのを拒否したという。

彼女は少しムッとしたが、顔には出さずそれを了承した。だから、戸を閉める作業は彼女を含めて五人で行うことにして、機嫌が悪くなった女性には、外で待機してもらうことになった。

いよいよ五人で家の中の全てのドアと引き戸を閉める作業を開始する。いくら広いとはいえ、五人がかりで作業を行ったから、すぐに全員の工程が終了した。

そして、彼女たち五人が家を出た。

しばらく外で時間を潰していると、機嫌が悪くなった女性が、ぼそっと言う。

「もう結果を見なくてもはっきりしてるよ……。いくらドアや引き戸を閉めたって、絶対に開いているにきまってる……」

そう言ったという。

さすがの彼女も我慢できずに声を荒げた。

「もしかしたら、あんたがやってたんじゃないの？　そうじゃなきゃ、結果を見なくても分かるなんて言えるはずないじゃん！　だいたい家に来てから急に機嫌が悪くなったり……。あんた、最初から協力する気なんて無かったんじゃないの？

と怒鳴ったという。

すると、その女性は冷ややかな眼差しで口元を歪めた。

「私がやる訳ないでしょ？　それに機嫌が悪くなった訳じゃないから……。話しても分かってもらえないでしょうけどね……」

そう言って、その場からさっさと引き揚げていった。

残された五人の間には、居心地の悪い時間だけが流れた。


気を取り直し、十分ほど時間をあけて戻ると、五人はドアや引き戸を見て回った。

結果として、全てのドアと引き戸がきっちりと少しだけ開いていた。今度は彼女だけではなく、五人でドアを閉めたのに……だ。

もう、勘違いでは済まされなくなってしまう。

ドアや引き戸が開いているのは、せいぜい十センチくらいだった。

友達の中には、「もしかして、家が傾いてて、勝手にドアや引き戸が開くんじゃないの？」と言う者もいたが、それは現実的にはあり得ない。

だから、男性の友人を先頭に、家の中をくまなく見て回ったという。

しかしながら何処にも人が隠れているような形跡はなかった。

その時、五人の中の一人の女性がこんなことを漏らした。

「そういえば、さっき帰っていったあの子って、霊感が凄かったはずだよね。もしかしたら……」

「やめて！」

彼女は慌ててその言葉を遮った。自分が住んでいる家に霊がいるだなんて言葉は聞きたくなかった。そんな言葉を聞いてしまったら、もうこの家には住めなくなる。そう思ったのだ。

しかし、その女性の言葉を聞いて他の友人たちも、皆そそくさと帰り支度を始めた。

「お茶でも飲んで行ったら？」

という彼女の誘いを固辞し、皆がその場から居なくなってしまった。

一人取り残された彼女は実家に帰るわけにもいかず、そのまま家の中に入っていく。そして、できるだけ先ほど言われた言葉を思い出さないようにしてなんとか時間を過ごしていた。

そして、時刻も有肩になろうとしていた時、一番先に引き揚げていったあの女性から電話がかかってきた。

「さっきはごめん。うまく、言葉を伝えられなくって……」

と、謝ってくる。彼女もそれ以上引きずる気はなかったので、

「ううん……私も悪かったんだから、気にしないで」と答えた。

すると、その女性はこう続けた。

「できたら今すぐに、その家から出て欲しいんだけど……。これは、貴女のために言ってることだからまじめに聞いて……。その家には、女の霊が一人いて、いつも貴方を監視で

きるようにドアや引き戸を開けているの。つまり、あのドアや引き戸が開いていた十センチという幅が、その女が通る事ができる幅ってことなの！　だから、そのドアや引き戸が開いている限り、その女は何処からでも貴方を見て、そして追いかけてくることができるの！　だから、一刻も早く、その家から外に出て。冗談で言ってるんじゃないの。このまじゃ、貴女の命が危なくなるから……！」

そう電話口で彼女に向かって訴えた。

その口調はからかっている様子など微塵もなく、かなり切迫した感じだった。

彼女は恐ろしくなってきて、思わず後ろを振り返った。

すると、彼女が立っているリビングの引き戸がやはり十センチほど開いており、その隙間にぴったりと収まるようにして女が一人立っていた。

彼女はもう恐怖で言葉が出なくなってしまった。

それを感じたのか、電話口からはその女性が心配そうに、「どうしたの？　大丈夫？　とにかく、早く逃げて！」と大声で叫んでいた。

異様な姿だった。

体の横幅が十センチなのに、身長は、鴨居に届くくらいに高かった。

その女が無表情のまま、両手をしっかりと体の横につけたままの状態で、引き戸の隙間からこちらに抜け出て来ようとしていた。

その瞬間、彼女は気が狂ったように悲鳴をあげ、廊下に向かって走り出していた。

(なんとか、この家から出なくては!)

彼女の頭の中にはそれしか無かった。

リビングから廊下へと一気に走る。

すると、彼女よりも先に、その女が横の部屋から廊下へと飛び出してきた。歩くというのではなく滑るように進み、廊下に出てきたときには横向きだった。

体の向きを彼女の方へと向ける。相変わらず無表情な顔だったが、その顔が少し醜く笑ったように感じられた。

ボサボサの長い髪から細い眼がこちらを見つめている。

彼女は恐怖に立ち尽くしていた。

女は、スーッと滑るように彼女に近づいてきて、ゆっくりと腕をもたげる。そして、おもむろに彼女の両肩を掴んできた。指が、食い込む。そのまま覆いかぶさるようにして全身で圧し掛かってきた。

冷たい手と体だった。

彼女は薄れていく意識の中で、女の顔が自分の目の前に迫っているのを感じながら、ぷつんと意識を失った。

次に彼女が起きた時、目の前には警官がいた。

どうやら、電話をしていた女性が警察に連絡してくれたらしい。

彼女は必死で先程のことを説明したが、警察はまともに取り合ってはくれなかった。

結局、「お疲れの様子ですから、悪い夢でもみたんじゃないですか？」と言われ、そのまま警察は帰っていった。

もうこのまま家に居る勇気など無かった。急いで実家に電話をすると、頼み込んで、その日は実家に泊めてもらうことにした。


これでもう、あの家に戻らなければ大丈夫だろう……。そう思っていた。

しかし、電話で話していた女性はやはり霊感があるらしく、次に会った時に厳しい顔で告げられた。

「このままじゃ駄目だよ。このままじゃ、とり殺されてしまうから……」

そう言って、彼女が懇意にしてもらっているというお寺に連れて行かれた。そこで約一日半、長い除霊を行ってもらったのち、そのお寺を後にした。

その際、お寺の住職にも忠告を受けた。

「もう何があっても、絶対にその家には近づいてはいけないよ！　もしも、近づいたら、今度こそ命を落とすことになるから……」

結局、そのまま彼女は両親に頼んでその家を解約してもらった。
恩人である霊感のある女性とは今も親友として親しく付き合っているということだ。
以後、彼女の周りで怪異は一切起こっていない。

猟師の死に方

これは以前、飲み屋で一緒になった男性から聞いた話である。

彼は写真家で、今は北陸を中心に活動しているのだが、元々の出は北海道だという。父親も祖父も猟師で、山で獣をとって生計を立てていた。

中でも彼の祖父はヒグマ撃ちとして有名な猟師だったらしい。ヒグマは肉から肝臓まで捨てるものがなく、全てが生活の糧になる。年に一頭もとれば、十分豊かな暮らしができたそうだ。

反面、ヒグマは山の神として崇められており、むやみやたらに獲ることはしなかった。猟師と山の間にはそうした約束、暗黙の掟というものがあるのだ。

ヒグマの猟は命がけである。ヒグマはたいへん頭が良く、猟師を待ち伏せしたり、風下から背後に回ったりと、知恵を働かせた動きをする。木に登って突然降りてくることもあり、まさに生死をかけたやり取りになるらしい。

祖父自身、大怪我をしたこともあったし、かなりの深手を与えたにもかかわらず逃げられてしまったこともある。

生きるためのヒグマ猟ではあったが、そのうち、ヒグマの考えていることが分かるようになったり、また相手のヒグマにもそんな様子が窺えたりと、不思議な感覚があった。好敵手して互いを認め合う敬意のようなものあったのかもしれない。それでも、彼の祖父は年に数頭のヒグマを獲っていたというのだから、相当腕のよい猟師だったのだろう。

しかし、ある時を境に祖父は全く猟に出なくなってしまった。

一人部屋に籠もり、毎日銃の手入ればかりを熱心にやっている。その熱心さは尋常でなく、ならばそのうちまた猟に出るのだろうと家族は思っていたが、結局そのまま猟はおろか、ほとんど外出もせずに生涯を終えたのだという。

祖父は晩年、奇妙な行動ばかりしていた。

まず自宅の周りに二重、三重の強固な塀を作り、敷地内に巨大な罠を仕掛けた。危ないから止めてくれと家族に言われても全く聞く耳を持たず、その理由も決して喋る事は無かった。

家族や親類は、祖父はボケてしまったか頭が変になってしまったのだと嘆いたが、昔から祖父に可愛がられていた彼だけは、違うものを感じていた。祖父の目を見るに、どうしてもそんな風には思えなかったのだ

そこで彼は一大決心をし、祖父に話を聞くことにした。部屋に籠もるようになってからめっきり口を利かなくなり、近寄りがたい雰囲気は恐怖すら感じる。それでも彼は真実を知りたかった。もしも話してくれないのなら、縁を切るつもりだったという。

孫の決意が祖父にも通じたのだろう。祖父は、誰にも喋らないことを条件にこんな話を聞かせてくれた。

ある日、いつものように猟に出かけた祖父は、午前中に大きなヒグマを撃つことに成功した。

朝、いつものように山への道を歩いていて、ふと普段とは違うけもの道を進んでみようと思ったのだという。すると、前方に巨大なヒグマが見えた。地面に頭を擦りつけるようにしながら、じっと動かないでいる。今から思えば、何かに祈りを捧げているような姿だった。

（しめた……！）

祖父は逸る心を落ち着け、銃を構えた。距離もさほど離れておらず、祖父の弾は確実にヒグマの急所を捉えたという。

パァンと山に響く銃声。

ヒグマは一瞬こちらを振り返ると、なぜか憐れむような顔を見せてその場に倒れ込んだ。

急所に命中したことは長年の経験で分かっていた。

祖父はすぐにそのヒグマに駆け寄ろうとして何かの気配に気づいた。

それはすぐにヒグマと祖父の間に割って入った。

ヒグマだ。

ただし、銀色の毛並みをしたヒグマを見るのは初めてだったし、何よりそのヒグマの大きさときたら、通常のヒグマの三倍はゆうにあった。それが、まるで人間のように直立してこちらを見下ろした。

それは威嚇の眼とも違い、何かを諭す様な不思議な眼だったという。

通常なら、祖父がそんなヒグマを撃つことはなかった。

見たこともないような巨大なヒグマがこの地には存在し、ヒグマの姿をしているが、それこそが山の神だと言い伝えられていたからだ。

ただ、その時の祖父は何かに焦っていたのかもしれない。

突然の事態。未知への恐怖。

気がつくと、眼の前に現れた巨大なヒグマに銃を向け、急所に弾を撃ちこんでいた。

どんなに巨大なヒグマでも急所に当たれば倒れる。今も確実に急所に命中させた自信があった。

しかし、銀色のヒグマは更に大きく立ち上がると、祖父の顔を睨みながら言った。

〈お前は許さない……〉

確かにそう聞こえたという。

そして、祖父が撃ち殺したヒグマの体を咥えると、悠然と山の中に消えていった。

「確かに、そのヒグマの口は、許さない、と言ったんだ」

祖父は噛みしめるようにそう言うと、彼の目をじっと見た。

「ワシは山の神であるヒグマに銃を向けてしまった。だから、いずれ、あいつは此処にやって来るに違いない。ワシは全力でお前たちを護らなければいかんのだ！」

祖父は口惜しそうにそう言うと、また入念に銃の手入れをしはじめる。

彼は何も言えぬまま、祖父の部屋を後にした。


大好きな祖父の話だ。彼も信じてあげたかったが、さすがに無理があった。言葉を喋るヒグマなどいるはずがないではないか……。


それからも祖父は最新式の銃を買い込んだり、どこから聞いてきたのか家の周りに結界を張るんだと言って家中に護符を貼りめぐらしたり、至る所に盛り塩をしたりしていた。

そんなある日、突然、祖父が行方不明になった。

結局、そのまま帰って来なかったので、しばらくして葬式を執り行った。

いったい祖父はどこへ消えてしまったのか。

だが、彼も生きてはいないと思っている。

あの朝の光景は、彼もその目で確認し、今も鮮明に記憶に残っているから。

祖父が行方不明になった朝、祖父の部屋の中にはヒグマの獣臭が充満し、庭には何かを引き摺った様な跡がはっきりと残されていた。

祖父の部屋は巨大ヒグマが入ってこられるほど広くもなく、部屋の中には争った形跡も血の痕もありはしなかった。

だが、いつも通りの整頓された部屋に漂う残り香だけは否定しようがなかった。

家族は警察に届け出ようとしたが、祖父の猟師仲間に止められた。

「あいつは、やっちゃいけねぇことをしてしまったんだ……。連れて行かれても仕方の無いことを。だから、絶対に探しちゃなんねぇ」

そうしないとお前たちまで連れて行かれてしまうぞと言われ、断念した。

結局、祖父の遺体はそれ以後も見つかることはなく現在に至る。

あの日祖父の部屋で嗅いだ強烈なヒグマの獣臭だけが、今も彼の鼻孔に焼き付いて離れない。

木こりという仕事

知人に木こりの仕事をしている男がいる。

木こりといっても、俺が勝手にそう呼んでいるだけで、実際には、森林組合で現場仕事をしているのだから、昔話に出てくる木こりとは違い、いわゆる組合から給料をもらうサラリーマンになるのかもしれない。それに、斧一本で仕事をしている訳でもなく、今ではチェーンソーをはじめとした電動工具を利用しての作業になる。

ただ、やはり体力もかなり必要らしく、たった一人で山の中に入っていっての作業になる場合も多いのだそうだ。

そして、山の中で仕事をしているとやはり不思議な経験をすることも少なくない。

一つは、作業を始めるとすぐに誰かの視線を感じてしまうということ。

最初の頃はその視線が気になってしまい、ついつい視線を感じる方を見てしまったらしいのだが、そうすると確かに見知らぬ誰かが木の蔭からこちらを窺っており、最悪の場合、目が合ってしまう。

彼も何度かそうして目を合わせてしまったことがあるらしく、そうすると向こうから近づいてくる。気が付くと自分のすぐ近くの木の蔭からこちらを見ていたなんてこともあったらしい。

それは大人の男女の時もあれば、子供の姿をしている時もある。その時は運良く、先輩の助けで何とか難を逃れたらしいが……。

とにかく先輩に教えられたのは、誰かの視線を感じても決してそちらの方を見てはいけないということだった。目が合った場合、そのまま山の奥に連れて行かれ、そのまま二度と戻って来られないことも過去にはあったのだそうだ。

もう一つは、何処からか声や音が聞こえてくるという場合。

それは、おーい！という呼び声の場合もあるし、作業をしている人の名字や名前を呼んでくる場合もあるという。

そして、思わずその声に反応してしまうと、やはりその声はどんどん近付いて来てしまい、やがてはその声が耳元から聞こえ始める。

そうなったら、もうその人は狂い死ぬしかなくなってしまうらしい。

また、一人で作業をしている時に、カツーン……カツーンというまるで斧で木を伐っているような音が聞こえてくることがある。

その時にはすぐに作業を中止して、一刻も早くその場から離れなければならない。

それは人間が木を伐っているのではなく、人外の何かが木を伐る真似をしているのだそうだ。そのままその場にいれば、体が八つ裂きにされた状態で発見されるのだと言い伝えられている。

最後に、もう一つ。

木を伐る作業をしている時、数人の白い着物を着た男女の列に遭遇する事があるそうだ。それらの男女は必ず、何をしているのですか?と聞いてくる。

しかし、その問いかけに答えてはいけない。

もしも木を伐る作業をしているなどと答えてしまったら、そのまま連れて行かれて二度とこちらには戻って来られなくなる。

黙って作業の手を止め、しばらくそのままでいると、そのうちに何処かへ消えていくそうだ。

とにかく、やはり古い木が生い茂る山の中では不思議なルールや言い伝えというものがまだまだ沢山存在しているようだ。

迷子

これは知人女性から聞いた話。

彼女は幼い頃、迷子になってしまい一夜を山の中で過ごした事があるのだという。

警察まで出動しての捜索が行われたのは後で知ったらしいが、結局迷子になったその日のうちに彼女が発見されることはなく、翌日の昼頃になって彼女自身で山から下りてきた所を保護されたのだという。

それは恐ろしい体験だったね、と聞くと、どうやらそうでもないと言う。

その時聞かせてくれたのがこれから書く話になる。


その日、彼女は家族と一緒にとある山に山菜採りに出かけた。

その場所は毎年沢山の山菜が採れる場所であり、案の定、その年も沢山の山菜で辺りは埋め尽くされていた。

両親は喜び勇んで山菜採りに精を出し、彼女は放っておかれていた。

当の彼女は山菜採りというものがあまり好きではなく、どうにかして家族の注意を自分に向けたいと思ったという。

そして、山菜採りに夢中になっている家族の目を盗んで、そこから更に深い山の中へと入っていった。

晴れの日だったらしく、木々の隙間からは明るい日差しが差し込んでいる。その時点では不安など全く感じなかったという。

そのせいか、彼女はついつい山の奥深くへと分け入ってしまったようだ。

気が付いた時には周りにひと気は一切なく、聞こえるのは木々の間を吹いていく風の音だけだった。

不安に押しつぶされそうな彼女が思い出したのは、いつも母親が言っていた言葉。

「迷子になった時にはその場から動かないでじっとしていなさい。そうすれば、お母さんがちゃんと見つけてあげるから……」

その言葉を思い出した彼女は少し安心して、じっとその場に座り込んだという。


しかし、自分の姿を見つけてくれるはずの母親の姿はいつまで経っても現れなかった。

それどころか、山の日暮れというものはあっという間で、ほんの少しの間に彼女の周りは一気に薄暗くなっていった。さすがの彼女も心細くなったのか、座り込んだままできる限りの大きな声で、「お母さん！」と連呼した。

両親は今頃、必死になって自分を探しているはずだ……。

だから、きっとすぐに自分の事を見つけてくれる……。

そう信じながら。

しかし、結局両親が現れることなく、彼女の周囲は完全な暗闇となってしまった。

その時、彼女は生まれて初めて絶望というものを味わったという。

広く、暗い闇の中に、自分一人しか存在していないという事実。

彼女はその場で声を殺して泣くことしかできなかった。

その時、突然――

「どうしたの?迷子になっちゃったの?」

という声が聞こえた。

それは、耳から聞こえてくるというよりも、頭の中に直接響いてくるような声だった。

彼女は泣きながら顔を上げて、恐る恐る辺りを見回してみた。

すると、木々の隙間から月明かりが差し込んでおり、そこに一人の女の人が立っていたという。

しばらく彼女はその女の人を見つめたまま立ち尽くしていた。

怖いという感情ではなかった。

この女の人は、どうしてこんな所にいるんだろうか?

ただ、単純にそう思っていた。

すると、その女の人はにっこりと笑って彼女のほうに近づいてきた。

そして目の前まで来ると、しゃがみこんで視線を合わせてくれる。

「大丈夫だから……何も怖くないから……」

そう語りかけてくれたという。

そして、彼女の頭を撫でながら、「お腹空いてない？　食べる？」と言って、ボケットから古めかしいデザインのお菓子を取り出し彼女に渡してくれた。

彼女がそのお菓子を受け取って食べ始めると、その女の人はとても嬉しそうな顔をして彼女の隣の地面に腰を下ろした。

そのお菓子は見た目とは違いとても美味しかったという。

女の人は、白いワンピースを着ており、髪は肩までの長さで、顔つきも体系もかなりスリムだった。

いや、スリムというよりも、痩せすぎている感が否めなかった。

しかし、何故か恐怖というものは一つも感じさせなかった。

それから彼女が不安にならないようにと沢山の山の話や昔話を聞かせてくれた。

彼女は暗闇の中で黙って話を聞いていたのだが、何故かその女の人が隣に座っているというだけで、少しも不安や恐怖を感じなかったという。

夜が更けていっても、何故か少しも眠たくならなかった。

いつもなら、午後八時を回ると眠くなってしまうのに、その時はどれだけ起きていても眠気というものは感じなかった。

ふと、話が途切れた瞬間、女の人が尋ねてきた。

「お姉ちゃんと一緒にくる？」

その声は彼女にもはっきりと聞こえたが、返事はしなかった。

もしも、嫌だ！　と言えば、その女の人を怒らせてしまうのではないかと思ったから。

それでも女の人は、重ねて彼女に尋ねてきた。

「一緒に来ない？」

一緒なら楽しいだろうな……。

しかし、相変わらず彼女はそれに応えることはしなかった。

しばらく間が空いて、今度はこう言った。

「どうしてもお家に帰りたいの？」と。

彼女は黙って一度だけ首を縦に振ったという。すると、女の人は、

「うん、そうだね。わかったから……」

とだけ呟いた。

そしてまた彼女の頭を撫でながら、歌うように囁く。

「もう寝なさい……大丈夫だから……」

その言葉を聞いた途端、彼女は一気に眠気に襲われていた。そのまま、女の人に寄りかかるようにして眠ってしまったという。


とても深い眠りだった。


そうして気が付いた時には山の麓にある公園のベンチの上に寝かされていた。

何が起こったのか理解できなかった彼女は、そのまま公園で茫然と立ち尽くしている所を捜索隊に発見されたという。

両親や警察から昨夜の事を聞かれたらしいが、彼女には上手く説明できなかった。

そして、後から聞いた話によると、その夜、捜索隊は徹夜で彼女を探しまわっていたそうなのだが、山に慣れているはずの捜索隊が何度も道に迷い、彼女の痕跡さえ見つけるこ

とができなかったらしい。

そして彼女自身も、自力であの場所から歩いてきた記憶は一切ないのだという。

あの女の人は何だったのか。

今となっては分からない。

「もしかしたら、寂しくて自分を連れて行こうとしていたのかもしれないですね……」

彼女はそんな風に呟いたが、その顔は怖い思い出を語るというよりも、懐かしい思い出をそっとてのひらに包むといった感じの表情だった。

山岳救助

これは以前、山岳警備隊員の仕事をしていた知人から聞いた話。

彼はたまに行きつけの飲み屋で出会う齢七十近い男性だが、いまだに体つきはしっかりと鍛えられており、とてもそんな年齢には見えない。

以前は警察官ということになるが、その柔らかい物腰からは、とてもその様な仕事に従事していたとは思えない。

そんな彼から聞いた話。

まだ山に雪が残る五月初旬のことだったという。

山での遭難事故が発生し、彼を含めてかなりの数の救助隊が編成されて、遭難した男性を捜索していた。

しかし、天候はどんどん荒れていき、ボランティアや山岳会の捜索隊は安全のため速やかに山を降り、彼も最後に徒歩で下山している最中だったという。

ふと、何処からか声が聞こえた気がした。

そこで少しだけ脇道に逸れると、其処には大きく地面が削られている場所があった。

もしや、と思った彼はそこから顔だけを乗り出すようにして下方を確認した。

すると、十メートル以上先の眼下に、滑落し倒れている男性を発見したという。

急いで県警に連絡を入れたが、この悪天候ではどうしようもなく、救助ヘリを飛ばせるのは天候が回復する明後日頃になるだろう、と言われた。

確かにこの天候では無理だろう、と彼も思ったが、やはり目の前にいる要救助者をそのままにして下山することはできなかったという。


彼は嵐の中、滑落した男性の所までロープで降り状況を確認した。

男性は生きていたが、手足を骨折し内臓の損傷も見られたという。

(このまま此処に居ても死を待つだけになる……)

彼は迷った末、彼を背負って下山することを決めた。

幸い、現在彼がいた場所からロープで少し下った所には人が歩ける程の細い草地が広がっていた。

彼は急いでその男性の骨折した箇所を木の板で固定し、背中に背負うとそのまま眼下の草地へと降りていった。


草地に着地した時、気絶していた男性が眼を覚ましたのか、

「すみません……ありがとうございます……」

背中でそう聞こえたという。

しかし、その声がとても弱々しいものに感じられた彼は、

「気持ちをしっかり持ってくださいね！　ご家族が待ってますよ！」

と努めて明るく声を掛けたという。


それから、彼らの過酷な下山が始まった。

通常、晴れた日ならば二時間もあれば下山できるのだが、その時の天候は山に慣れている彼でさえ、道を踏み間違えてしまうほど視界が悪く、そして雨と風が強かった。

彼は吹き飛ばされないようにしっかりと歩を進めた。

そして、再びその男性が意識を失わないように、とこまめに声を掛け続けた。

しかし、男性からの反応はほとんど無く、それが彼の歩みを速めていた。

そんな時、突然、背中から、

「ありがとうございました……」

という声が聞こえたと思った瞬間、急に背中が重くなった。

この仕事をしている彼には、背中の男性が死んだのだとすぐに理解できたという。

彼は悔しさと情けなさに苛まれながらも、必死に下山を続けた。

一刻も早く、背中の男性を家族の元まで届けてあげなくては……。

そんな思いだったという。

そして、しばらく下山していると山の様子が変わったという。

雨や風は先ほどまでと同じように降り続けているのだが不気味な静寂感が彼の周囲を取り囲んでいる。

そして、時折、ガサッガサッ、と音がして草の中を何かが彼に近づいて来ている感覚があったという。

そして、彼の耳に入って来たのは、風の音に混じって聞こえてくる、

「おいてけ……おいてけ……」

という声だった。

その時彼は以前先輩から聞いた話を思い出していた。

山にはそこで死んだ者の遺体をそのままにしておこうとする何かがいる——そんな話だった。

彼は少し気持ちが悪くなったが、それでも暗い山の中を自分のヘルメットのライトだけを頼りにどんどんと下山した。

もしも、そんなモノが居たとしても絶対にこの男性を連れて帰る！

そんな強い気持ちを持っていた。


彼の通った後の草木がガサッガサッと大きな音をたて、何かが彼の背後に現れたような感覚があった。

服を引っ張られたり、足を掴まれそうになったりすることもあった。

しかし、自分の勇気を振り絞って着実に一歩を踏みしめる。

背中の男性は相変わらず重く、訓練ならとっくに音をあげているはずだったが、その時は火事場の馬鹿力よろしく、頑張る事ができていた。

そうして何とか頑張っていると、下の方からこちらに近づいてくるのが何本かのライトの光が見えた。

その光は彼の姿を見つけると急いで駆け寄って来てくれた。

彼が単独で男性を背負い下山していると聞いた同じ山岳警備のメンバーが、この嵐の中、彼を探してくれていたのだった。

彼が背中に背負った男性を地面に降ろす際、もう一度、彼の耳に声が聞こえた。

「ありがとうございました……」

その声は間違いなく背中で亡くなられた男性の声だったという。

「あの時、下山できたのはきっと私だけの力じゃない。きっと死んでからもあの男性が私のことを護ってくれていたんだと思います」

逞しい肩に手を置きながら、彼は嬉しそうに……そしてちょっぴり寂しそうに笑ってくれた。

いじめ

これは俺の友人が体験した話である。

彼は生れてから高校生までを滋賀県で過ごした。

そして、彼が通っていた高校でもやはり、いじめというものは存在していた。

その標的にされていたのは、一人の女子生徒だった。

どうして、いじめの対象になっていたのかは彼にも分からないのだという。少し他の女子生徒よりも身長が大きいという以外は、特に変わったところもなく、おとなしくて目立たないごく普通の女子高生だった。

ただ、いじめの対象となりうる要素が一つだけあった。

それは、彼女が小学校から中学校の間、ずっといじめの対象にされてきたということ。

元々、何が起因して彼女へのいじめが始まってしまったのかは彼には知る由もないが、彼女にとっていじめられることは常態化しており、相当な孤独感に苛まれていたのは間違いない。

彼女の家は、父親が神主をつとめる地元では由緒ある神社で、いじめによる転校など許されるはずもなかった。彼女も両親にいじめの事実を伝えられなかったように思う。

だから、彼女は自力で安全な場所を勝ち取ろうとした。高校受験では、かなり勉強を頑張り、いわゆる進学校と呼ばれる高校に入った。

そこで彼女へのいじめは終結するものだと思っていた。


しかし、現実は、そうならなかった。

きっと、彼女と同じ中学から来た誰かが、言いふらしたのだろう。

あの娘、ずっといじめられていたんだよ、と。

もしかしたら、何気なく言った言葉かもしれない。しかし、それはすぐに学年中に広まり、さらなる陰湿ないじめに繋がってしまった。

彼女が少しでも教室から出ようものなら、次に彼女が戻ってきた時には、彼女の持ってきたお弁当が床に散乱していた。それだけではない。こぼれたそれを手を使わずに食べることまで強要された。彼女が廊下を通るだけで、あからさまに皆が避けて通る。汚いのが移るからだそうだ。

さらに自分のことを、『ゴキブリ』と呼ばされた。昼休みになると、『何故、まだ生き続けるのか？』という作文を書かされ、『遺書』まで書かされることもあった。

元々、正義感の強い俺の友人はそれに反発し、いじめを止めさせようとしたらしいが、結局は多勢に無勢……。

危うく、彼自身が一時期、いじめの対象にされてしまったという。勿論、彼の他にもいじめに対して拒否感を露わにする者もいたが、結果は彼の場合と同じであり、皆、それからは沈黙を守るしかなくなった。

ただ、高校でのいじめが粛々と進められていくうちに、彼女自身、そのいじめに対して嫌悪感を露わにすることが次第になくなっていった。きっともう、その頃には孤独感とか怒りを通り越して絶望感からの虚無感に蝕まれていたのだろう。

ある日、高校から帰宅する途中、彼女は駅のホームに向かい、通過する特急電車に、ごく自然に飛び込んだ。

目撃者によると、その顔は嬉しそうに笑っていたという。

彼女の体はズタズタに引き裂かれた状態で、顔を含めてまともに残っていた部位は一つもなかったという。辺りには肉の焼けたような匂いが充満し、その場は一時パニックに陥った。

警察では自殺が疑われたが、遺書も無く、保護者会も含めて学校全体でいじめの存在を否定したことから、突発的な事故として処理されてしまう。

進学校というブランドを汚したくないという保護者と、保身に走る学校側の見事な連携プレイだったと、彼は皮肉たっぷりに言った。

勿論、いじめがこれほど社会現象化している現代では、そんな言い訳も通じなかったのだろうが……。

しかし、話はこれで終わりではなかった。

彼女の葬儀すら行われていない週に、彼女の母親が、どうやって侵入したのか、彼女が通っていた高校の屋上から飛び降りた。コンクリートの地面に頭から飛び降りて即死しているのを出勤した用務員が発見した。

母親が飛び降りた場所は、登校してきた生徒が必ず通る通路。

そして、母親の上着のポケットには、遺書というには余りにも辛辣な呪いの言葉が埋め尽くされた書き置きが見つかった。

遺書の中には、とても日本語とは判別できない言葉が並んでいる部分があり、専門家の調べでは〈この学校に通う生徒と教師、全ての命を必ず根絶やしにする〉と書かれていたという。

それが現実となるのは、それからすぐのことだった。

最初は、ただの風邪だと思っていた。

しかし、学校を休む生徒がどんどん増えていき、そのうち命を落とす者まで現れた。学校は慌てて学級閉鎖などの措置を取ったがそれでも、死の連鎖は収まるはずもなかった。

学校で命を落とす者が続出していく。

ある者は、教室の窓から誤って落下し、運悪く窓下の鉄の柵に串刺しになって死亡した。

また、ある者は階段から落下しただけにも拘らず、全身の骨という骨が全て砕けた状態で死亡した。そのどれもが、悲惨な死に方であり、恐怖に歪んだままの顔で死亡していた。

そのうちに、学校の至る所で彼女と知らない大人の女性が一緒にいるのを見たという噂が広がっていく。

その目撃者の中には教師もいたらしく、彼女と一緒に居た大人の女性は彼女の後を追うように自殺した母親だと囁かれた。

その後も、学校では生徒、教師を含め、事故で大怪我をする者や、大病にかかるものが続出した。

さすがの学校側も秘密裏に霊能者や有名な神社仏閣に相談したらしいが、その誰もが、学校の中を下見しただけで、首を振った。

これはもうどうしようもない状態です……。万が一にも助かる方法があるとしたら、それは他人に頼ることではなく、ご自身で心から反省し悔い改めることしかないのかもしれません……。それ程、凄まじい呪いだということです……。

と言って匙を投げた。

そしてここからは俺自身、信じ難い話なのだが……。なんと、学校や保護者会は、彼女の父親が神主を務める神社にやって来てこう言ったという。

「あんたの妻と娘がしでかしていることなのだから、あんたが責任を持って何とかしろ！　それが神職というものだろ！」と。

彼女の父親である神主は、その信じ難い言葉を冷静に、そして穏やかな顔で聞いていたという。そして、

「確かに、それが神職の仕事です。わかりました。何とかしてみましょう」

そう静かに答えたという。

そして、父親である神主は学校内で一週間にも及ぶ大浄霊の行をやってのけた。

その間、やはり苦しかったのか、自殺した彼女が俺の友人の夢の中に出てきたらしい。

〈貴方は私をかばってくれたから呪い殺すつもりはないの……。だから、今お父さんがやっていることを止めさせて……！　苦しくて苦しくて……〉

そう言って消えたという。

夢を見た彼は苦しみ、神主に話をしに行った。

彼女をいじめていた奴も、それを止められなかった僕らも同罪です。だから、自分だけ助かろうとは思っていません……。それに、彼女は、呪い殺すだけのことを間違いなくされてきました……。

娘さんは僕の夢の中に出てきて、苦しい、って言ってます。こんなこと、意味があるんですか、と。

すると、神主は、祈祷の手を止めて彼の方を向くと言った。

君がいじめに加担しなかったのは死んだ娘からも聞いていますよ。

でも、人を呪い殺した者はたとえ亡者であっても、それから無限の苦しみを受けなければいけません……。

今起きている呪いは間違いなく、私の妻と娘に依るものです。

だから、神職としては、これを止めなければいけない。

でもね、父親、そして夫としては、それで終わらせるわけにはいかない。

彼女達が行っている呪いは、私の力で何とか終わらせます……。

それは、あくまで彼女たちがこれから苦しまなくても良いように……。

それが終わったらね、今度は私がこの学校に更なる呪いをかけさせてもらうよ。

君には悪いが、誰も助からない……。ずっと、長い時間をかけて、この学校に関わるものの全てを呪い殺していく。

そう言うと、彼に一礼して、再び、祈祷に戻ったという。

そして、その言葉どおり、それから学校で死人や怪我人が出ることはなくなり、学校内での怪異も完全に収束した。

後日、その謝礼金を持って学校関係者がその神社に出向くと、その神主は自らの命を絶ってしまった後だった。

大きな神木を抱きかかえるようにして自殺していたという。

神木には、和紙に書かれた遺書らしきものが見つかったが、そこには、古代の言葉のようなものが書かれており、普通の人間には読めなかった。母親の遺書の時同様、専門家がその言葉を解読しようとしたらしいが、何故か途中で止めたという。そこには、読むだけで禍があるような古代の呪いが羅列されていたらしい。

そして、彼が言うには、その呪いは神主が言ったように、その後も粛々と遂行されているらしい。

その学校を卒業した生徒は、ゆっくりとしたスピードで徐々に減っていくのだという。

突然大量の死人が出るということもなく、死因が一致しているということもなく。

目立たないように……しかし、確実に。

数年前に開かれた彼の高校のクラス同窓会では、クラスの半分近くが既に死亡しているのが分かった。他のクラスや学年でもゆるやかながら同じことが起きているという。

「たとえ、それが呪いだとしてもそれは仕方のないことなんだ……。俺たちは傍観者も含めて、彼女にそれだけの仕打ちをしたんだから。命を取られても仕方ないと納得できるほどのことをさ……。その場に居た俺が言うんだから、間違いない。いずれ、俺もその呪いの連鎖に引き込まれるのは仕方がないけど、せめてむごたらしい死に方だけは避けたいんだけどなぁ……」

うん、それだけかな。そう寂しそうに呟いた。

拾ってきた子犬に救われた話

これは知人の女性が体験した話である。

彼女は幼い頃から犬を飼うのが夢だった。

ことあるごとにねだっていたが、彼女の家はペットを飼うことに反対で、なかなか許してはくれなかった。


彼女が中学生の時である。放課後、友達の家に遊びに行く途中、車に撥ねられた。

運の悪いことに、事故現場は人通りの少ない場所で、相手の車はそのまま彼女を置き去りに逃走してしまった。

痛い。熱い。

自分でも足が折れていることは容易に分かった。なにより見たことがないほどの血が傷口から溢れ、だくだくと路面に流れている。

(わたし、死んじゃうのかな……)

しだいに薄れてゆく意識の中で、彼女は生まれて初めて〈死〉というものを覚悟した。

——と、その時。彼女の耳に犬の鳴き声が聞こえた。

（犬の声？　どこ……？）

地面に転がったまま、かろうじて動かせる眼球で辺りを窺うと、一メートルほど離れたところに小さな雑種犬がいる。彼女を見つめ、しきりに吠えていた。

（ああ、神様が最後に大好きな犬の姿を見せてくれたのかもしれない……）

そんなふうに思ったところで、彼女の意識はふっつりと途切れた。

間違いなく自分は死んだと思ったという。

ふっと目を開けると、そこは病院のベッドの上だった。

心配そうに自分を覗き込む両親の顔。

「……おかあさん……おとう、さん？」

彼女は生きていた。

両親は涙ながらに彼女が意識を失っていた時のことを――どうして彼女が助かったのかを話してくれた。

あの日、近くの畑で農作業をしていた男性のもとに突然子犬が現れたのだという。何かを訴えるように吠え続けるので、気になって顔をあげると、賢そうな黒い瞳とかち合った。と、子犬は「ついてきて！」とばかりに走り出した。

「あ、おいっ！」

慌てて男性が後を追いかけていったところ、血を流して倒れている彼女を発見したということだった。出血量からしても、あと少し発見が遅かったら危なかったという。


（きっと、あの子犬だわ……）

話を聞いて、すぐに分かった。

意識を失う前に聞いた鳴き声。ぬばたまのような澄んだ瞳。

彼女は自分の命を救ってくれた子犬にもう一度会いたいと思った。


それから二か月の間彼女は入院し、季節の変わる頃、無事に退院することができた。

その間にひき逃げ犯も捕まっていた。


退院の日。

病院の玄関を出たところで、思いもよらぬ声を耳にした。

犬の鳴き声だ。

慌てて声の出どころを探すと、病院の建物の陰に見覚えのある顔が覗いていた。

「！」

間違いない。あの時の子犬だ。

賢そうな黒い瞳を見た瞬間、この子が自分を救ってくれたのだと確信した。

彼女は駆け寄って子犬を抱き上げると、必死にこの犬を飼わせてほしいと両親に頼み込んだ。

今度はもう両親も反対しなかった。

娘の命が助かったのは子犬のお蔭であるし、何より娘とその子犬には何か深い縁があるように思えてならなかったからだ。


それからの彼女は、どこに行くにもその子犬と一緒だった。

犬の名前は、ニアと名付けた。

いつもそばに居て欲しいという意味を込めて……。

おとなしい子犬で、めったに声をたてない。成犬となってからもそれは変わらなかったが、唯一、彼女に危害を加えようとする者に対してだけは全力で吠えた。

不思議なことに、ニアが来てからというものこれまで病気がちだった彼女が風邪すら引かなくなった。それまでとは見違えるほど元気になり、以前にも増して充実した生活を送れるようになった。両親もそれを見て、ニアを飼って本当に良かったと思ったそうだ。

時は経ち、彼女は高校、大学と進み、社会人になって一人の男性と結婚することになった。ニアを飼うようになってから順風満帆な人生を送ってきた彼女だが、ここにきて初めて嫌な気配が漂い始めた。

それは結婚相手の男性のことだ。

彼女が初めてその男性を家に連れてきた時、ニアが激しく吠えたのである。

「ニア……」

彼女が悲しそうな顔をするとそのままおとなしくなったが、その男性を好意的に思っていないのは明らかだった。

この頃になるとニアもかなりの高齢になっていたが、家にいる時は変わらず彼女の傍らに控えていた。

ニアには彼女には見えない何かが見えていたのかもしれない。

言うなれば、男性に付着する負の要素めいたものが。

ニアはそうした悪しき何かが彼女に及ぶのを防ぎたかったのだろう。

彼女は結婚してしばらく経った時、はっきりとそれを悟った。

ある日のことである。

夫が、中古だがまだ新しい格安の家屋を見つけてきた。彼女自身はこれまで通りのアパート暮らしで十分だと思っていたが、夫は早くマイホームを持ちたかったらしい。あまり乗り気でない彼女をよそに、さっさと話を進めてしまった。

あれよあれよという間に引っ越しが決まり、急きたてられるように入居したが、実際に住んでみれば、なぜその家が格安だったかがすぐに分かったという。

まず間取りがおかしいのだ。

玄関から廊下をまっすぐに進むと、少し低い場所に階段で降りていく半地下の部屋がある。その部屋には窓もなければフローリング施工すらされておらず、ただ、コンクリートの床に、四方を囲むように板張りがされている。

初めてその部屋を見た時、何かとても嫌な感じがしたという。

口ではうまく言えない。

だが、どうにも受けつけない。

結局、夫と話し合いその部屋は使用しないことに決めた。

それでも夜二階で寝ていると、下で誰かが徘徊しているような音と気配がする。

昼間一人で家にいる時も、誰かに見られているような視線を常に感じた。

不安に苛まれた彼女は、近所に挨拶に伺った際に、思い切って聞いてみた。

「あの、変な事聞きますけど……あの家って大丈夫なんでしょうか」

すると、近所の住民たちは一瞬口ごもり、ぼそりとこう言った。

「あの家はだめだよ……すぐに出ていったほうがいい。悪いことは言わないから」

「え……どういうことですか？」

戸惑う彼女に、憐みの目を向け近所の人は言う。

「あの家に引っ越してきた人はみんなすぐに出ていってる。中には気が変になった人もいるし、大怪我をして家を出ていった人までいるんだよ」

彼女はそのことを夫に話したが、夫はつまらぬ噂だとまともに取り合ってはくれなかった。せっかくのマイホームにケチをつけられ面白くなかったのだろう、もう近所の人とは口をきくなと言う。


困り果てた彼女は、実家からあの犬を連れて来ることを思いついた。

ニアなら何とかしてくれるかもしれない。

そんな気がした。


翌日、早速実家からニアを連れて来ると、ニアはすぐに例の下へ降りる階段の前で、どっしりと腰をおろした。

家に入るなりその場所に陣取ったことで、彼女はやっぱりここかと思ったという。

そして彼女の期待どおり、その日からその家での怪異は完全に収まった。

しかし、平穏な暮らしが続くと、夫はニアが家の中に居るということが我慢できなくなったらしい。

外に犬小屋を置き、そこにニアを繋ぎ止めた。

すると、その日からまた怪異が頻発するようになる。

それも以前にも増してである。

寝ていると、見知らぬ女が顔を覗きこんでくる。

洗濯物を干している最中、ふと気配を感じて振り返ると、女が立っている。

頻繁に停電する……。

異変は数えだしたらキリがない。

彼女は夫に頼み込み、再びニアを家の中で飼うことにした。

怪異はピタッと収まり、今度はもう夫も何も言わなかった。


ニアがかなり年老いてきたとき、一日だけ家から出ていき戻って来ないことがあった。

彼女は必死で方々を探しまわったが見つからず、途方にくれて家に戻った。

しかし彼女の心配をよそに、翌日の夕方になるとニアは自分で家に帰ってきた。

「ニア……その子、どうしたの？」

ニアは小さな子犬を連れていた。

子犬は、ニアとは犬種も見た目も全く違う犬であり、どうしてその子犬をニアが連れ帰って来たのか全くもって謎だった。

それでもニアが連れてきたのだから何か理由があるはず……。

そう思った彼女は夫に懇願し、その子犬も一緒に飼うことに決めた。

その子犬は家で飼われる様になってから、いつもニアと行動を共にした。まるでそう、何かをニアから教わっているかのように彼女には見えた。


それからまもなくのことだ。ニアが老衰で亡くなった。

彼女の腕に抱かれて息をひきとったニアは、とても幸せそうな死に顔だったという。

ニアを家族で見送ったのち、彼女は遺骨を庭に埋め小さな墓を作った。

それからは毎日お墓に手を合わせ、お祈りをするのが新たな習慣になった。


一つだけ不安なことがあった。

これまでニアが抑えてくれていた怪異が、また起こりだすのではないかということだ。

しかし、それは要らぬ心配だった。

ニアが死んですぐ、今度はニアが連れてきた子犬が、例の階段の前に陣取るようになった。時折、階段の下に向かって吠えることはあったが、それでも目に見える怪異が発生したことは一度もないという。

もう彼女には分かっていた。

なぜ、あの日ニアが一日だけ居なくなったのか。

それはきっと、自分の代わりに彼女を護ってくれる犬を探しに行くためだったのだ。

自分と同じように霊的な力を持った犬を、彼女のために見つけてきた。

……己の死期を悟って。

そう気づいた時、彼女は涙が止まらなくなった。


それからも彼女はその家に住み続けているが、ニアのお墓参りは欠かしたことがない。

ニアと同じように愛情たっぷりに育てているその子犬は、何があろうと決してその階段の前から離れようとはしない。

当然のごとく、怪異はしっかりと収まったままだ。

いつの日かその子犬も年を取り、代わりの犬を探しに行く日が来るのかもしれない。

彼女から受けた愛情の恩返しとして……。

遺言

これは知人から聞いた話である。

彼女の父親は、彼女が大きくなるまでは海外に赴任していた。

とある企業の海外支社にずっと勤め続けていた。

だから、彼女は父親というものを知らないで育った。

父親に会えるのは多くても一年に一度。

正月くらいのものだったらしい。

それでも、かなりの額の給料が毎月会社から振り込まれていたのは事実であり、そのお蔭で彼女たち家族は何一つ不自由のない生活を送れたのだから、彼女は彼女なりに父親に対して感謝していたのは間違いないと思う。

そして、彼女が社会人になって数年が過ぎた頃、彼女の父親が現地で行方不明になるという事件が発生した。

彼女の母親も現地に行き、地元警察も懸命に捜索してくれたが、いっこうに見つからなかったという。

そして行方不明になってひと月ほど経ったある日、父親は、突然発見されたという。

発見された時には何も着ておらず、やせ衰えていた。

当然、現地の警察から今まで何処に行っていたのかと問いただされたが、父親は一切その事に関して話さなかったという。

結局、父親の行方不明は事件性が無いと判断され、収束した。しかしこの事件がきっかけとなり、父親は日本に戻ることになった。彼女の家にようやく父親が帰ってきたのだ。

ただ、事件の件は、家族が聞いてもやはり何も話してはくれなかったという。


そんな矢先、父親が会社を退職することになった。事実上の退職勧告であったが、退職金は不自然なほど巨額であった。

それからはずっと父親が家の中にいるという生活になった。

父親というものに慣れていない彼女は、正直なところ、どう接したらよいのか分からず戸惑っていた。けして嫌いなわけではないのだが、うまく慣れ合えない。

もどかしい日々を過ごすうち、突然父親が倒れ、そのまま病院に担ぎ込まれた。病状は重く、すぐに余命宣告をされてしまった。

彼女は父親の病名を知らせてもらえなかったそうなのだが、母親の様子を見れば察せられた。父親はそれから一度も退院することなく、亡くなってしまう。

入院からひと月ももたなかった。

亡くなる前、父親は自分の死期を悟ったのか、彼女と母親、それから叔父を集めると遺言を言い渡したという。

それは、とても奇妙なものだった。

「葬式の後、火葬する時には何かあろうと、儂の体を鉄の鎖で動けないように縛りつけてくれ。とにかく太くて、丈夫な鎖で」

それが遺言だった。

何故そんなことを言うのか家族には全く理解できなかったが、それでも、死期が近い父親にあれこれ反論することもできず、ひとまずその遺言を承諾した。

すると、安心したかのようにその日の夜、父親は帰らぬ人となった。


しかし、実際に葬儀の段になると、さすがに親戚の誰もが反対した。

勿論、彼女も、叔父も……。

ただ、母親だけは頑としてその異論を聞き入れなかった。

ずっと真面目に働いて、いつも家族のことだけを考えて生きてきたお父さんが最後に頼んだ事だから……。

それが、母親の気持ちを後押ししていたようだ。

通夜と葬儀は無事に終わった。

だが、いざ斎場に行くという段になると、さすがにそんな光景は親族以外には見せられないということになり、斎場には彼女と母親、そしてとても近しい親戚だけが行くということに決まった。

斎場に到着すると、すぐに火葬の準備に入った。

斎場の職員に頼み、あらかじめ用意しておいた鎖で、父親の体をがんじがらめに縛ってもらった。

いよいよ火葬が始まる。

休憩室でお待ちくださいと言われたが、母親はその場から動こうとしなかったので、彼女と叔父もその場に残った。

事前に係の人からは、三十分ほどで済むと説明されていた。

昔とは違い、いまはかなり強力らしい
ところが、火葬が始まって三分ほど経った頃、異変が起こり始めた。

父親の木棺が入れられ燃やされている炉の中から、激しい音が聞こえてきたのだ。

バタバタ……、ドン、ドンドンッ……。

中で何かが暴れているような音だった。

彼女たちは驚き、恐ろしさにただ固まっていたが、母親だけは数珠を持ち一心不乱に何かを呟いていたという。

「お父さん……お願いだから、頑張って……」

そう聞こえた。

三十分ほど続いただろうか。ふっと静かになったが、さすがに係員も気味が悪かったのか、そのまま予定よりも長い時間、火葬された。

一時間ほどして、いよいよ炉の扉を開けた時、そこにいた誰もが固まってしまった。

父親の遺体は炉の扉にしがみつくようにして灰になっていた。

しかも、その体の骨はしっかりと残り、まるでつい今しがたまで炉の中で生きていたようだった。

どうしてこんなことになったのか。

父との最後の別れは疑問ばかりだった。

父親の葬儀から三か月ほどした頃、母親がおもむろにこれまでのことを話してくれた。

どうやら父は、母親にだけは真実を打ち明けていたらしい。

あの行方不明事件のことだ。

あの時、父親は人外のモノにさらわれていたのだそうだ。父親を食い殺そうとするそれらに向かって、父親はある提案をしたという。

それは、自分を生きたまま返してくれれば、その見返りとしてもっと沢山の命を差し出すというもの。

自分が死に、火葬されるている時、そこにいる者達を皆、巻き込んでくれてかまわない。だからそれまで待って欲しい、と。

どうやら、その提案は受け入れられたらしく、無事に帰還することができたのだという。ゆえに、火葬の際には自分の体を使ってそれらのモノが暴れだせないよう鎖で縛ってもらう必要があったのだという。

母は最後にこんなふうにも話してくれた。

「お父さんがそんなとんでもない提案をしたのもね、私たちに一目でも逢いたかったからなのよ……。どんなに離れていても、お父さんはいつも私たちのことを愛してくれていたんだから。それを忘れちゃ駄目よ」

彼女はいまでも時折、あのもどかしさを想う。

父が家にいた束の間の日々を。

夢

これは俺の友人から聞いた話。

彼は、「死」というものが怖くないのだと、いつも豪語していた。

どうせ人はいずれ死ぬのだから、そんなことを恐れていても仕方ないというのが彼の考えらしい。

その考え自体は俺も同調できるのだが、彼の場合、少し度が過ぎるのかもしれない。周りや家族にも、

「俺はいつ死んでも大丈夫だ！　どうせ死んでしまえば痛みも悲しみも感じなくなるからな！」

と、嘯いていた。

彼の祖母は霊感がある人だったらしく、そんな彼のことをいつも悲しそうに見ていた。

が、ある時とうとう見かねて彼にある物を差し出した。

「そんなことばかり言っているとなぁ、あいつらがお前を連れに来てしまう。だから、肌身離さず、これを持っていなさい」

そう言って、人の形をした白い紙を手渡した。

「これは何なの？」

と聞くと、

「今は分からなくてもいずれ分かる時がくるさ……。それがお前を護ってくれるはずだからね」

そう言われたという。

彼はというと、そんな紙をもらったことなどそのうちすっかり忘れてしまった。

ヒトガタの白い紙は、もらった時に机の抽斗に入れたままずっとそこに眠っていた。


数年後、彼はある晩、不思議な夢を見た。

夜中に目が覚めると、何故か明るい場所にいた。

そして、自分の体が布団の上に寝かされ、その周りには沢山の人たちが取り囲むように座って、彼の顔を覗き込んでいる。

彼はその時、自分が死んでいる夢を見ているのだと分かったという。

それにしても奇妙だった。

彼の周りを取り囲んでいるのは、見たこともない人ばかりで、親や親戚はもとより、彼が知っている顔など一つとしていなかった。

それどころか、とても人間とは見えないような容姿をしたモノたちも、その場におり、同様に彼を取り囲んでいた。

(なんなんだ……これは?)

そう思った彼だったが、死んでいるらしく全く身動きがとれない。

ただ、目だけは自由に開けることができて、その一部始終を見ていることが不思議でならなかった。

そうこうするうちに、彼の体はその場にいた見知らぬ者たちに持ち上げられ、そのまま固い箱のような物の中にゆっくりと入れられた。

(ああ、これは俺の棺桶だな……)

何とか逃げ出さねば。

そう思うのだが、体はピクリとも動かない。内心焦っていると、すぐに棺桶の蓋が閉められるのが分かった。

そして、棺桶に何かを打ち付ける重い音。

金槌だろうか。棺桶の蓋が釘打ちされているのだと悟るの時間は掛からなかった。

彼はもう、パニックになっていた。

棺桶の中は完全に真っ暗になり、死んでいるのに息苦しさを覚えた。

すると、一気に自分の入っている棺桶が持ち上げられる感覚がして、何処かへ運ばれていく。

体が全く動かせないのに眼だけがしっかりと機能していることが辛かった。

考えれば考えるほど、強い不安が襲ってくる。

それしても、いったい何処まで連れていくつもりなのだろうか？

夢の中とはいえ、その棺桶が持ちあげられ、移動を始めてからゆうに一時間以上経過していた。

すると、突然、棺桶が何処かで降ろされた。

周りからは全く音が聞こえてこない。

（どうなってるんだ？　さっきの奴らは……？）

そう思っていると棺桶の上部に取り付けられている観音開きの窓がゆっくりと開いていくのが分かった。

彼はこれが最後のチャンスと思い、窓が開くのをじっと目を見開いて待った。

窓が開くと、見知らぬモノたちが、入れ替わりで彼の顔を見ていった。

そんな奴らの中にもきっと一人くらいは良い奴がいるだろうと思い、彼は唯一動かせる眼をパチパチさせながら、自分が死んでいないのだと伝えようとした。

しかし、彼を棺桶の中から助け出そうとする者は一人としていなかった。

いいや、それどころか、必死で瞬きを繰り返す彼の顔をニターッと気味の悪い笑みを浮かべて満足そうに見ているモノもいる。

その時、彼は気付いた。

もしかしてこいつらは、俺がまだ生きているのを知っていて棺桶に入れたのではないか、ということだった。

自分が何をしでかしたのかは分からなかったが、それらの顔を見ていると、そんな気がしてならなかった。

とうとう棺桶の蓋が閉められた。

棺桶はすぐに滑るような動きをしてどこかほかの場所に入れられたのが分かった。

かなり離れた距離から、ヒソヒソと話す声が聞こえてくる。

……と突然、何かが点火するような音が聞こえ、棺桶の中はあれよあれよという間に地獄へと変わった。

棺桶はまるで紙でできた箱のようにいとも簡単に焼け崩れ、彼はそこで初めて本当の「死」というものを覚悟した。

自分の周りで、凄まじい炎が渦を巻き彼に圧し掛かって来た。

意識はある。

眼も見える。

しかし、体は相変わらずビクとも動かせず、彼の体は凄まじい激痛と熱さで痙攣を始めていた。

やがて肉の焼けるような音と匂いが彼の鼻を包む。

その凄まじい炎は彼の体をまるで飴でも溶かすかのように、ただの油へと変えていき、その油もすぐに火に焼かれて蒸発した。

彼はとても言葉にできない苦しみを味わいながらも、それでも意識が飛ぶこともなく、その苦しみは永遠に続くとさえ感じられた。

まさに地獄の業火……そのものだった。

そうして自分の顔が溶けていき、眼球が破裂するのを感じた時、ようやく彼はその悪夢から醒めた。


体中びっしょりと大汗をかいていた。

彼はハッとして自分の体を確認した。手も足も、そして顔も全てがちゃんと揃っていた。

(夢だったのか……)

一瞬ホッとしたが、すぐにその夢があまりにもリアルすぎることに恐怖した。

だから、彼は夢のことは他の人には一切話さず、あのヒトガタの紙をくれた祖母にだけ話して聞かせた。

祖母はじっと彼の話に耳を傾け、深い吐息をついた。

「そうかい……でもよかった。きっと、あれがお前を護ってくれたんだよ……。また、新しいヒトガタをお前に渡さないといけないね……」

そう彼に言った。

彼は半信半疑だったが、祖母にそう言われて、初めてあのヒトガタを抽斗から出してみた。

一目見るなり固まってしまう。

なぜなら、白かったヒトガタはすっかり焼け焦げて、もはや原形を留めてすらいなかった。

その時初めて彼は祖母の言葉を信じた。

あのヒトガタの紙が自分の身代わりになってくれたのだ、と。

同時に彼は、強い不安感にも襲われた。

もしも、あのヒトガタをもらっていなかったら、自分は一体どうなっていたのか、と……。

彼はすぐに祖母の所に行き、新しいヒトガタのお守りを貰ってきて、それからは肌身離さず持ち歩くようになった。

ただ、あの時見た夢がいったい何だったのかということはいまだに分からないそうだ。

日傘の男女

これは知人から聞いた話。

彼は夏が嫌いだ。

いや、嫌いというよりも拒絶という言葉がぴったりかもしれない。

元々、明るく行動的な性格の彼は、基本的に年がら年中色々な企画を立てては仲間たちと休日や週末の夜をエンジョイしている。

彼が独身ということもあるのかもしれないが、まあ外に出て体を動かしたり、大勢の人と楽しい時間を共有することが大好きなのであった。


ただ、夏だけは別だった。

通常なら、最も華やかにアウトドアを楽しみ、色々なイベントが行われる場に行く機会が多いと思うのだが、何故か彼の場合、夏だけはひきこもりになってしまう。

誰かに誘われても決して外には出ようともしない。

仕事など必要最低限の外出にとどめ、周りとの接触もほとんど断ってしまう。

ずっと気になっていたことなので、ある時、彼にその理由を聞いてみた。

それがこれから書く内容である。


彼は生粋の金沢生まれの金沢育ち。

兄弟が大勢いるが、全員が男。その末っ子として育ったらしい。

金沢から離れたのは、大学の四年間だけらしく、それ以外はずっと金沢市に住み続けている。

彼の母親の親友に、一人の女性がいた。

それなりに大きな会社の社長夫人であり、とても裕福な暮らしをしていたが、何故か子宝には恵まれなかった。

そのせいか、彼が幼少の頃から一緒に旅行に出かけたり、夫婦の家に泊まりに行くことが多かったという。

まあ、ここまでは単なる家族ぐるみの付き合いというやつだ。

夫妻は、兄弟の中でもとくに末っ子の彼を可愛がってくれていた。

お年玉を貰った時も、誕生日プレゼントをもらった時も、他の兄弟とは金額のレベルがまるで違っていた。

彼も内心、その裕福な生活に憧れている部分もあったのだろう。ことあるごとに、その

ご夫婦や両親に、

「このうちの子供になれたらな～」

などと言っていた。


そして、彼が小学四年生の時、夫婦から意外な申し出があった。

彼を養子にもらえないか、というのだ。

彼も最初その話を聞いた時は興奮した。あんな裕福な生活が手に入るかもしれないなんて、夢のようだと……。

だが、彼にしてみればそれは現実にはならないといい、根拠のない確信があり、それが前提の憧れだったのかもしれない。

しかし、その夫婦があまりにも熱心にお願いしてくること。

そして、家には他の兄弟が大勢いたこともあり、その養子縁組の話は俄かに現実味を帯びてきてしまった。

とんとん拍子に話が進むうち、遅ればせながら事の重大さを認識した彼は、必死に両親に懇願した。

ずっとこの家の子供でいたいんだ、と。

養子の話はそれで断ち消えとなった。

彼は安堵し、それからは何となくその夫婦とは顔を合わせないようにした。最初は、調子のいいことを言っていた手前、気まずかったのだ。

それでも夫婦は諦めきれなかったのか、それからも頻繁に彼の家に訪ねて来ては、彼に会いたがった。

だが、彼が頑なにそれを拒否するので、そのうちに両親もその夫婦とは疎遠になってしまった。

彼も期待させるようなことを安易に言ってしまって申し訳なかったと思うが、やはり今の両親や兄弟から離れるということは考えられなかった。

それから一年ほど経った頃、彼は運動会でその夫婦の姿を見た。

夏ではあったが空は曇っており、さほど暑くもなかったのだが、その夫婦だけは二人揃って黒い日傘を差していたという。

夫婦は、彼に手を振る事も、声をかける事も無く、ただ無言で立ち尽くして彼の方を見ていたという。

両親にその話をすると、見間違いだろうと一笑に付されてしまった。

次にその夫婦を見たのは、同じ年の夏。

友達が事故で亡くなった通夜の席だった。

夜だというのに夫婦そろって日傘を差している彼らに、とても強い違和感を覚えた。何よりも――。

なぜ、俺の友達の通夜に来ているのか。

もしかして、友達の親とも交流があったのだろうか。

そんな事を悶々と考えたが、その時も夫婦を見たということは両親には話さなかった。

どうせまた、人違いだと言われるだろうと思ったから……。

それからは毎年夏になるときまってその夫婦の姿を目撃した。

学校行事の泊りがけのキャンプ。海水浴。プール。

どこに行っても、必ずと言って良いほどその夫婦は視界に現れた。

夫婦は、晴れでも雨でも関係なく、黒い日傘を差している。

そして、決定的な事が起きた。

ある夏、彼と一緒に遊んでいた友達が道路に飛び出した際、運悪くやってきた車にはねられてしまったのだ。

彼は生れて初めて見る事故というものに固まってしまい、何もできなかった。

その時も彼の視界には夫婦の姿がはっきりと見えた。

相変わらず二人揃って日傘を差したまま、じっとその場に佇んでいる。

救急車を呼ぶでもなく、ただそこに立っている。

彼は、思い切ってその夫婦に近寄り助けを求めようとした。

友達を助けて！　と。

しかし、近づいて夫婦の顔を見た瞬間、彼はすぐにそれを止めた。

夫婦は目の前で起こった事故がさも嬉しそうに、うっすらと笑みを浮かべていた。

彼は、恐怖でその場から動けなくなった。

すると夫婦はゆっくりとその顔を彼の方へと向けた。

その顔は、怒っているでもなく笑っているでもなく、それでいて、とても気持の悪い顔に感じたという。

まるで生気の無い、無機質な顔。

その顔が彼を責めるように睨んでいるかに見えた。

彼は、友達を置き去りにして、その場から走って逃げたという。

そして、家に戻ると家中の鍵をかけ一人震えていた。

やがて兄弟たちも帰宅し、両親が揃った時点で、初めて彼はその話を両親にしたという。

それまでは、話さなかった事も含めて、いつもその夫婦の姿が見える、という事を必死に訴えた。

すると、両親の反応はそれまでとは違っていた。

彼を別室に呼ぶと、静かにこう言った。


これから話す事は内緒にしておくれ。


実は、お前を養子に欲しがっていたご夫婦は、養子の話が破談になってからしばらくして、二人揃って亡くなったんだ。

事故なのか、自殺なのかは分からないが……。

だからお前がそのご夫婦の姿を今でも見ているというのが本当だとしたら、それはきっと生きている者ではない。

あのご夫婦は、間違いなく数年前にこの世を去っているんだから。


——そう、言われた。

彼自身もその頃になるとうすうすは感じていたが、それでも両親からはっきりと事実を聞かされてしまうと恐怖で眠れない日々が続いた。

「これを肌身離さず、ずっと持っていなさい」

両親はご加護の力が強いとされる護符を手に入れてきて、彼に持たせてくれた。

それからはしばらくの間、その夫婦の姿を見る事はなくなった。


しかし、彼が成人した頃から再びその夫婦が彼の前に現れるようになった。

当時見た姿のまま、彼らは何一つ変わっていないという。

俺は、何か力になれることがあれば言ってくれと申し出たが、彼は静かに首を振った。

「別にあの夫婦が何かをしてくるわけでもないし……。それに、彼らを悲しませた俺にも責任が在ると思うからさ」

それに、彼らが現れるのは夏の間だけ。

その間だけ我慢すれば良いだけだから……。


日に焼けない彼は、そういって少し寂しそうに笑うのだった。

記念カプセル

これは知人が体験した話である。

今でもそんなことをしているのかは分からないが、俺の小学校時代には卒業の際、未来への自分の手紙と、愛用していた物を一つカプセルに入れて土の中に埋め、それを大人になってから成人式や同窓会の際に掘り出してみる、というイベントがあった。

彼女の小学校でもそれと同じことが行われていたそうだ。

クラス全員が未来の自分に宛てた手紙を書く。

当然、その頃は自分は大成すると思い込んでいるから、誰もがあり得ないほど出世・成功した自分に宛てた手紙を書くのだが、まあ、その通りになっている者などいるはずもなく、それはそれで楽しいのだという。

彼女たちが学校の敷地内に埋めたカプセルを掘り出したのは成人式の時。

式が終わった後、当時の先生も合流して、カプセルを掘り起こす事になった。

最初は目印にしておいたものが全く見えなくなってしまっており、場所を特定するだけでも時間がかかったらしいが、いざ掘り始めると、それほど深い場所に埋めていたわけでもなく、あっさりとカプセルの入った箱が現れた。

懐かしい箱に歓声があがる。

皆、大はしゃぎで自分のカプセルを開けては、中の手紙を読んでいた。

手紙と一緒に入れておいた愛用品も、何の変哲もない文房具だったりするのだが、そんなものでも皆、宝物を見つけたかのようにキラキラした目でノスタルジーに浸っていた。

至る所で笑い声が起こり、ふざけ合う声が響き、とても幸せな空間だったという。


実はその時、彼女たちにはもう一つ役割があった。

一緒に卒業したクラスメイトの一人が、二十歳を前に亡くなっていたのだ。死因は誰も知らない。

確か、おとなしい感じの女の子だったと記憶している。

皆、できるだけその子の話題には触れないようにしていたが、本日最後の仕事はその女の子のカプセルを速やかに彼女の家に届けるというものだった。

成人式には当時の同級生全員が出席していたから、たった一つ残ったカプセルが必然的に亡くなった彼女のものということになる。

ところが、いくら箱を見ても余りのカプセルが見つからない。

そんな馬鹿な、ということでその場にいた全員でその女の子のカプセルを探した。

すると、何故かその女の子のカプセルだけが、プラスチック製の箱から弾き出されるように、泥まみれで土の中に埋まっていた。

なんで？　一緒に入れたはずなのに……。


それまで楽しそうにしていた彼らの顔がみるみる曇っていく。

彼女たちはカプセルを水で綺麗に洗い流すと、丁寧にタオルで拭いた。

そして、当時の学級委員と同窓会の幹事である彼女たち、計四人がそのカプセルをクラスを代表して彼女の家に届ける事になった。

しかし、「クラスを代表して」というのはあくまで結果であって、要は一番やりたくない仕事が係に押し付けられただけだった。

彼女の家に着き、玄関の呼び鈴を押すと、母親らしき女性が出てきた。

自分たちの母親と同年代のはずなのに、その姿はとても老けており、まるで老婆のようだったという。

彼女たちは、玄関先でカプセルを渡して早々に引き揚げるつもりだったらしいが、母親が、せっかくだから是非お線香の一本でもあげていってください、と懇願してきたので、無下に断ることもできず、言われるままに家の中に招き入れられた。

案内された部屋は暗く、小さな仏壇が置かれていた。

仏壇には亡くなった少女の遺影が飾られており、ああそうだ、こんな顔だったと朧げに思い出す。

さすがにいたたまれなくなり、カプセルを母親に手渡すとそそくさと腰をあげた。

そのまま玄関に向かおうとすると、母親が妙なことを言い出した。

「こんなもの、私に渡されても困りますからね。これはうちの子が貴方たちに宛てた手紙なんですから」

薄暗い部屋に、ぞっとするような声が響き、冬だというのに汗が止まらない。

「あの子がね……いじめられた末に自殺したうちの子がね、一生懸命に書いたのよ……。精一杯の呪いを込めて。だから、貴方たちが読まなきゃ死んだ娘が浮かばれないのよ！そうでしょう！」

母親の口調は先ほどまでの穏やかなものではなく、まるで積年の仇をようやく見つけたとでも言わんばかりだったという。

しかし、そうは言われても彼女にはその女の子をいじめた記憶はなかった。

いじめられているのは何度も見たが、彼女がそれに加わった事は一度もない。

「私は……私たちは絶対にいじめてません！」

喘ぐようにそう返したが、母親はすぐにそれを切り捨てた。

「止めなかったのだから同罪でしょ？」

そして、一呼吸おいてから「さっさと読みなさい！」と怒鳴ったという。

彼女たちはその怒声に圧倒され、反射的にカプセルを開けていた。

中に入っていた薄汚れた紙きれを取り出し、震える手で広げる。


そこには、〈死をもって償わせる者リスト〉なるものが書かれており、そこには同じクラスだった人間のほとんどの名前と教師の名前が書かれていた。

さらにその下には、〈体の一部をもって償わせる者リスト〉というものもあり、そこには彼女の名前も書かれていた。

そして、同じカプセルの中には呪いの生贄というタグを付けられた小さなネズミの死体がミイラ化して入れられていた。

既に固まって動けなくなっていた彼らだったが、それを見た途端に、全員がその場から立ち上がり、逃げるようにその家から出てきたという。

家の外に出ると、中から楽しそうな母親の笑い声が聞こえてきたので、彼らは、そこからかなりの距離を走って逃げた。

「呪いというものが本当に実在するのか、は分からないんだけど……。ただ、あのカプセルを開けてから、当時の同級生がもう何人も亡くなっているの。中には大怪我をして、片足を失くした人もいたし……」

だから、その子と母親の呪いはこれからも一生私たちに付き纏うんだと思う。

きっと私も、体の一部を失くして生きていかなくちゃならないんだろうなって薄々覚悟している。

たぶん……ね、と彼女は両手をきつく握り締めて俯いた。

漁師の網

これは、漁師をしていた今は亡き俺の叔父から聞いた話。


漁師の仕事というのは大変である。

子供の頃は、雨が降ったり風が強いと、何もせずただ家の中でゴロゴロしていた叔父の姿を見ては、漁師って楽な仕事だなぁと思っていたのだが、それは子供の浅はかさな発想であった。

天候に恵まれれば、朝早くから自分の舟で沖合いまで出て行き、そこで夕方暗くなるまでずっと漁を続ける。

しかも、広い海原の中をたった一人きりで。

漁が終われば、今度は魚を舟から降ろして運び、破れたりほころびたりした網を我が手で修繕する。

魚を網で獲るということだけで、家族を養っていけるだけの収入を確保しなくてはいけない。そのプレッシャーは計り知れないものがある。

だから、その頃感じた気持ちとは全く正反対に、今では漁師という仕事を心から尊敬して止まない。

無口だったが、とても優しかった叔父。

俺は、たまに暇になってやることがなくなると、港に出掛けていき、叔父が漁で使う網を修繕しているのを横で手伝った。

そんな時に話してくれたのが、この話だ。


漁で使用する網というのは、かなり頑丈に作られている。

網にかかった魚たちも必死で逃げようとするだろうから、それも当然のことである。

しかし、丈夫な網も、何度か漁で使用すると必ず何箇所かが傷み破れてくる。それは、大物がかかった証であったり、単にタイミングが悪かったりしたせいでもあるのだが、叔父は明らかにそうした理由とは異なる、不思議な体験をしたことがあるという。

それは叔父が気に入っている港から出航して、五十分ほど舟を走らせた地点で起こると決まっていた。

網を引き上げに行くと、いつもとは違う不思議な感覚に襲われることがあるという。

海も沖合まで行くと綺麗なもので、かなり深い所まで見通せる。

そういう時には何故かその地点だけ波がピタッと止まっているという。

叔父が船の上から海面を見下ろすと、何か大きな物が海中で動いている。

すわ大物かと急いで網を引き上げるのだが、そんな時に限って魚は一匹もかかっていない。

代わりに網には大きな穴が開いていた。

仕方ないので、その日の漁は中止して港に戻る。

陸に上がってから入念に網の状態をチェックしていた叔父は、またまた驚いた。

網の破れた箇所が、まるで人間が手で結んだように、簡易的に補修されているのだという。

その穴というのは、かなり大きな物で、簡単に人間が出入りできるほどの穴だった。

きっと、魚たちはその穴から逃げだしてしまったのだろう。

しかし、その大きな穴が申し訳程度に結ばれ、補修されている……。

そんな事があると、それから何度かはその地点で大漁が続く。

そして、忘れた頃にまた網に大きな穴が開いており、魚が一匹も獲れない日がやってくる。

そしてやはり、網は人間の手で結ばれたように修繕されている。

その網が撒かれていた場所は、かなりの水深であった。

人間が潜れる場所ではない。

しかも、沖合で周りには何もなく、そんな場所で海に潜っている人間などいるはずもなかった。

しかし、何度かそんなことを繰り返しているうちに、叔父は不思議なことに気が付いた。

網の中に死んだ魚が何匹か残されていることがあったのだ。

しかも、鋭い歯で引き裂かれたかのような半分だけになった魚の死骸だった。

その死骸の無残な様子を見て、何だか叔父は恐ろしくなったという。

間違いなくあの漁場には、魚を引きちぎって食べる獰猛な何かが存在している。

それが人間を襲わないという保証は何処にもない。

それからも何回かに一度は網が破られたが、幸い、叔父が危険を感じるようなことは一度も起こらなかったらしい。

それどころか、その一度を除けば、その場所で行う漁は必ずと言って良いほど大漁に恵まれた。

そんな叔父だが、たった一度だけその〈何か〉の姿らしきものを見たことがある。

その日は生憎の曇り空だったが、それまで漁に出られない日が続いていたこともあり、叔父は少々無理を押して漁に出掛けた。

それは、いつも大漁に恵まれていたあの漁場だったという。

しかし、ポイントに着き漁を開始すると、どんどん天候が怪しくなってきた。

あっという間に、酷い雨と、強い風に翻弄され、舟を沈まないように操舵するだけで精一杯になった。

もう、漁どころではない。

そのうち波もどんどん高くなっていき、小さな叔父の漁船は大波に嬲られ、縦と横に大きく揺すられた。

もしかしたら、生きて戻れないかもしれない……。

叔父はそんなことすら考えていたという。


その時、何かがザバーンという音を立てて、波間から顔を出した。

叔父は呆然とそれを見つめた。

波間から顔を出したそれは、髪もあり、人間にとても良く似ていた。

しかし、人間では無いこともすぐに理解できたという。

しばらくお互いの顔を見合っていたが、ふいに、それは方向を変え、ある方向に向かって顔を出したまま進みだす。

それは、間違いなく港の方向だった。

（こいつに、ついていかねば……！）

本能的にそう感じとった叔父は、覚悟を決める。

波間に浮かぶ頭を見失わないように目をかっ開き、荒れ狂う海の中で必死に舟を方向転換する。

そして、顔を出しながら進む、それの後を一心に追いかけていく。

不思議な事に、その方向だけは何故か風も弱く、大波に翻弄されることなく、スムーズに舟を進めることができた。


とうとう港の影が見えてきた時、それまで前を泳いでいたものがスッと波の中に沈んだ。あっと思った時にはもうどこにも見えず、それきり消えしまったのだそうだ。


「きっと、あいつぁ、ワシを助けてくれたんだと思う……」

叔父はそう言って、少しだけ嬉しそうな顔になった。

それからも叔父が漁に出ると、何回かに一度は網が大きく破かれていて、その日は坊主となる。が、叔父は丁寧にそれを修繕するだけで、文句をいうことも恨むこともなかった。

「なんたって、命の恩人だからなぁ」

そう言っていた叔父が亡くなってから、もう十年近くになる。

叔父の通夜では例によって不可解なことが起きた。

叔父の棺の上に、何故か大きな魚が一匹置かれていたのだ。

もしかしたら、あいつが叔父の葬儀に……?

そう考えると、恐ろしいという気持ちよりも、嬉しい気持ちがどんどん大きくなってくる。

離れのある田舎の家

これは知人から聞いた話である。

彼女は岐阜県の出身。

実家は農家だったが、地域一帯の地主であり、地元ではそれなりに裕福な生活を送っていた。屋敷も古いが、かなり広くて大きなものだという。

その家には、子供は彼女一人だけしかいなかった。

本当は姉がいたのだが、彼女が生まれる前に亡くなったと聞かされている。

ただ、いずれも女の子ということで、生まれた際には少々がっかりされたらしく、そんな劣等感を少しだけ感じながら幼少期を過ごしたと聞く。

一人っ子、しかも、かなりおとなしい性格だったので、いつも家の中で一人で遊ぶのが習慣になっていた。

そんなある日、彼女が大きな家の蔵で遊んでいると、見知らぬ女の子から突然名前を呼ばれた。

どうして、自分の名前を知っているのだろう。

どうして、我が家の蔵の中に知らない女の子がいるのか。

変だなとは思ったが、そんな警戒心も最初のうちだけで、すぐにその女の子と仲良くなっていた。いつも一人で遊んでいた彼女にとって、相手がいるというのは本当に楽しくて、家にいる時はいつも蔵に行ってその女の子と遊ぶようになった。

何度か、蔵の中でその女の子と遊んでいるところを家族に見られたが、そのことについて何も聞かれず、そして咎められることもなかったので、彼女としては、少々不思議だったものの、まあよいかと思っていた。そのうちに、どうやら、その女の子が彼女以外の人間には見えないらしいことに気がついたが、そうと分かっても別段怖いとは思わなかった。

何故なら、その女の子は他の誰よりも彼女と気が合ったし、何より優しく、いまさらその女の子が何者であろうと、彼女には全く関係の無いことだった。

しかし、ある時、彼女はほんの些細なことから、その女の子と喧嘩してしまう。

すぐに仲直りできると思っていたのだが、それから、その女の子の姿を見かけてもしばらくは避けるようにその場から逃げていたという。

勿論、彼女自身、その女の子とすぐに仲直りするつもりでいたらしいが、結局、そんなことをしているうちに、彼女の前に、その女の子が現れることはなくなってしまったという。

最初はそれがショックでかなり落ち込んだが、六歳になり学校に行くようになると、すぐに友達も沢山できて、彼女自身、その女の子のことはほとんど思い出さなくなっていった。

月日は流れ、彼女が中学生の時だ。

ある日、目覚めると彼女は起き上がることもできなくなっていた。

意識もあり、眼もしっかりと見えているのだが、体に全く力が入らず、声を出すことも敵わなかった。

そして、朝彼女を起こしに来て、彼女の状態に気付いたはずの家族だったが、何故か父も母も驚いたり悲しんだりする素振りが全くなかったという。

家族はそのまま働きに出て行き、彼女は大きな家に一人きりにされた。

自分が動くこともできないというのに、どうして家族は平然と仕事に出掛けていくのだろう……。

そんなことを考えていると、涙があふれてきた。

彼女はそのまま自分の部屋で寝たきりになっていたが、午後になると家族が帰宅し、親戚たちも集まってきた。

親戚たちは全員彼女の様子を見にきたが、誰も彼女に優しい言葉も心配する言葉もかけることなく、そのまま部屋から出て行った。

そして夜になると、彼女の部屋は完全な暗闇になった。

そのせいか、心細さがどんどん増していき、彼女はまた一人で泣き続けた。

自分はいったい、どうなってしまうんだろう？

そして、自分の部屋で寝ている彼女の耳に、親戚たちの会話が聞こえてきた。

「やはり、来てしまったか……」

「もう、あそこに隔離するしかないな……」

そんな声が聞こえた。

彼女は『隔離』という言葉に恐怖を覚えた。

いったい自分は何処に連れて行かれるのだろう……。

分からない。誰も教えてもくれない。

そんなことを考えていると、親戚たちが彼女の部屋に入って来た。

そのまま目隠しをされ、自分の体が皆に担がれるのが分かったという。

どうして、自分がこんな目に遭わなくてはいけないのか……。

そんなことをぼんやりと考えていると、急に体が降ろされるのが分かった。

そこは、畳の上であり、自分が担ぎあげられてからそれほど時間が経過していないことから、自分の家の敷地内だろうと察しがついた。

病院の様な場所に隔離されると思っていた彼女は、少しだけホッとした。

しかし、目隠しを解かれた時、全く見覚えのない場所に自分が居ることに気が付いた。

親戚たちに必死に目で訴えたが、彼らは誰も自分と目を合わせないようにして、そそくさと部屋から出ていってしまった。最後に大きな音がして鍵が掛かる。


彼女は必死にここがどこかを考えた。

この短時間で移動できる場所の中で、自分がそれまで行ったことがない場所。

結論として、そんな場所は一つしかなかった。

それは、家の離れにある小さな木造の建物。二階まである建物だったが、家族がその場所に行ったのを見たこともなかったし、何よりも幼い頃からそこは禁忌の場所、恐怖の対象として教えられてきた場所であり、彼女自身、近づいたことも無かった。

そんな〈禁忌〉と言われた場所に、いま自分は隔離されている……。

彼女の頭は一気に恐怖に支配された。

畳敷きの十畳ほどの部屋には、常備灯のようにぼんやりとした明りだけが灯っていた。

彼女は必死に声を出して助けを呼ぼうとした。

しかし、やはり声は出ない。

自分の今の状態が情けなくて彼女はまた泣いてしまう。

すると、鍵が掛けられている扉の向こうから母親らしき声が聞こえてきた。

「ごめんね……。今晩で全てが決まってしまうから……。だから、頑張って……。ごめんね、お母さんには何もできないの……」

泣きそうな声でそう言ってくれた母親の声を聞いて、彼女は少しだけ勇気が出た。自分はまだ家族から見捨てられた訳じゃない。少なくともお母さんには……。

今夜で全てが決まる、という意味は分からなかったが、それでも何とか自分一人で頑張ってみよう。そう思えたという。

彼女は、その夜が全てを決めるという意味をぼんやりと考えていた。

もしかすると、家族も親戚も自分がこんな状態になるのを見越していたのかもしれない。今夜が全てという意味は、今夜をうまく乗り切れば体は回復し、またいつもの生活に戻れると、そういうことなのではないだろうか。

逆に、今夜失敗すればこのままの状態で生き続けるか、最悪死んでしまうのかもしれない……。

実際、自分の姉がどんな病気で死んだのかも彼女は知らなかった。

だから、もしかしたら姉は〈その夜〉というやつに失敗してしまったのかもしれない。

そう考えると、その夜にいったい何が起こるのか、考えれば考えるほど、恐ろしくなったが、それでも、先ほどの母親の言葉だけが彼女に最後の勇気を与えてくれていた。

しかし、身動き一つできない彼女にとって、夜に何か起こったとしても何もできる訳ではなさそうだ。ただ、気持ちだけはしっかり持っていよう、とそれだけを心に決めた。

時計も無い部屋で、彼女はただぼんやりと常備灯の明かりだけを見ながら過ごした。窓が一つも存在しないその部屋では、外の暗さは全くく分からなかったが、それでも、何故か彼女には、既に誰も外を出歩かなくなるくらいの時刻なのだと感じるものがあった。

とその時、彼女が寝ている部屋の天井から、何かが動く音が聞こえた。

彼女は一瞬、ビクッとなったが、すぐにその音に耳を澄ませた。

何かが二階を移動している。

それも一人ではなく、大勢が移動しているような音だった。

そして、何処からか囁く様な声が聞こえてきた。

ヒソヒソ……ヒソヒソ……ヒソヒソ……ヒソヒソ……。

それは女の声もあれば男の声もあり、若いものも年老いたもの混じっている。

だが、それらが喋っている言語は彼女が聞いたことのない言葉だったので、何を言っているのかはわからない。彼女にはただヒソヒソと囁いていることだけが分かるのみだった。

彼女は自分が寝ている一階から二階へと伸びる階段を見上げた。

その瞬間、声は出なかったが、大きな悲鳴をあげていた。

木製の階段を降りてきたのは、どう見ても人間には見えないモノたちだった。

昔、読んだ妖怪の本に描かれていたものに、良く似ている。

彼女は恐怖に思わずまぶたを閉じた。

体が小刻みに震えている。

目を閉じていても、階段がギシギシと音を立てる度に、先程見てしまった光景がまぶたの裏に甦り、恐怖で気が遠くなりそうになった。

しかし、何とか気力を振り絞って、それに耐えたという。

ここで、頑張らないと、お母さんにもう会えなくなるのかもしれない……。

そう思って恐怖と闘うしかなかったが、それでも彼女の両目からは大粒の涙がどんどんと溢れ出してきた。

そして、階段を降りてきたモノたちが、彼女の周りを歩き回る音がして、唐突にそれが止まった。

次の瞬間、至る所から手の様なものが伸びてきて彼女の体をまさぐる。

そしてまた聞こえてくるヒソヒソ声。

彼女にはその声が、周りを取り囲んでいるモノたちが、自分の体のどの部位を食べるのか、相談しているように聞こえたという。

彼女は初めて本気で、〈死〉というものを身近に感じたという。

彼女の歯はガチガチと音をたてて震え、涙も止まることを忘れたかのように流れ続けた。

自分は、こいつらに食べられて死ぬんだ……。

だとしても、絶対に最後まで諦めない……。

だって、まだ自分は何も頑張ってはいないんだから……。


そう思った時、突然彼女の頭を何かが触った。

それはとても柔らかくて暖かい。

ぬくい手はずっと彼女の髪を優しく撫でてくれていた。

そして、彼女の耳に小さな声が聞こえてきた。


〈大丈夫だから……。もう怖がらなくていいから……〉


そう言っているのが聞こえたという。

彼女はそっと目を開けてみた。

すると、そこには信じ難い光景があった。

彼女の周りを取り囲んだ人外のモノたちを睨みつけながら、小さな女の子が彼女の頭を撫でてくれていた。

そして、目が合うと彼女に優しく微笑みかけてくれたという。

その光景は、まるで、自分を食べにやって来たモノ達が、その小さな女の子が恐ろしくて近づけない……。

そんな状態に感じられた。

彼女は暖かく優しい何かに護られる感覚を覚えながら、じっと動かずにいた。

すると、その女の子は彼女に向って、

〈もうおやすみなさい……。目が覚めたらきっと全てが解決しているから……〉

優しい言葉に誘われるように、彼女は深い眠りに落ちていく。

そして翌朝、家族が扉の鍵を開けて部屋の中に入って来る音で眼が覚めた。


彼女の様子を見て、家族も親戚も皆、泣いていたという。

体に力を入れてみると、動かなかったのが嘘のように動く。何もかも元通りだった。

それから彼女は離れから出て、親戚の祝福を受けた。

皆、本気で喜んでくれている。

口々に奇跡だ！　とか、初めてのことだ！　と喜び合っていたが、何を聞いてもそれ以上詳しいことは教えてくれなかったという。

だから、彼女は言っていた。

「自分が突然、どんな病気になったのかもいまだに分からないんです」

そして、あの夜に現れたモノたちが何者で、何をしに来たのかも分からない。

ただ一つだけ確信しているのは、自分を助けてくれた少女のこと。

彼女はその人を〈お姉ちゃん〉と呼ぶ。

死後婚

これは知人から聞いた話。

死後婚というものを聞いたことがあるだろうか。

死んだ者と生者との間で執り行われる婚姻。外国での話が有名かもしれないが、この日本でもいまだにそんな風習が残っている地域もあるそうだ。

ただ、今回書く話は風習とかではなく実際に、そして必然的に行われた死後婚の話になる。


とある県に、大学生のカップルがいた。とても仲が良く、いつも一緒にいる姿は周りから見てもとても微笑ましいものだったという。

彼らは高校時代から付き合い始めて、同じ大学に進んだ。

二人とも真面目な性格だったから、カップルとはいえ、その付き合いはまるで中学生のように純粋なもの。

そんな彼らはあることを決めていた。

それは大学を卒業したら、すぐに結婚しようということだった。勿論、彼らの両親もそれを認めており、既に家族ぐるみの付き合いをしていたようだ。

しかし、大学四年のゼミの夏合宿で、彼女は宿舎として使っていた大学の保養施設の五階から転落し、そのまま帰らぬ人となった。

事故か自殺かと一時は騒然となったらしいが、結局、遺書が無かったことといつもと様子が変わらなかったことなどから、事故ということで処理された。一報を受けて病院に駆け付けた彼が通されたのは病室でもICUでもなく、霊安室だった。彼女の遺体は五階という高さからアスファルトに落下・激突しており、病院側もそれなりの遺体の修復をしたらしいが、頭から落ちた遺体の損傷は激しく、彼はとても直視できなかったという。

そして、遺体となって霊安室に横たわっている彼女の顔は、いつもの明るい雰囲気とは違い、何かまるで人外のモノ、例えば鬼女が大きく口を開けて今にも飛びかかってきそうな顔に見えたという。

彼は、もしかしたら彼女は死んではおらず、目の前に横たわっているのは別の誰かなのではないかとさえ思った。

しかし、着ている服も全て彼女が日頃からよく着用していた服に間違いなく、彼は、一人残された悲しみで生きる気力も無くしてしまった。

いつも彼女のことばかりを考えてぼーっと過ごす日々。

そして、思いついた。

亡くなってしまった彼女とせめて結婚式だけでも挙げておこう、と。

彼がそれを提案した時、彼の両親ばかりでなく彼女の両親も猛反対した。死後婚は不吉すぎる……そんな理由で。

しかし、彼の意思は固かった。どれだけ反対されても頑として意思を曲げなかった。そして、彼女との式が終わったら、ちゃんと彼女のことを忘れるようにする。そんな彼の言葉に押し切られるように彼と彼女の両親も、二人の死後婚を渋々承知した。

そうなってからは早かった。

すぐに式の日取りが決まり、式に参列して貰う親戚や友人をリストアップした。

しかし、やはり、死んだ彼女との死後婚ということもあり、気味悪がってなかなか出席の連絡が貰えなかったという。

だから、彼は親戚や友人のところへとこまめに足を運んでお願いした。

そして、なんとか格好が付く程度の出席者が集まったのを確認して彼は式の段取りを自分で考えて決めていった。

彼女の遺体は既に荼毘に付されていたから、彼女が式に出ることは叶わない。だから、彼女が、生前、結婚式に絶対に着るんだ、と言っていた着物を彼女の代わりに新婦として使い、式に出そうということで決まった。

式の当日は、あいにくの雨模様だった。

しかし、彼は彼女の為にできるだけ豪華な結婚式を開いてあげたかったから、貯金も全ておろして式の費用に充てた。

それは豪華な結婚式だったという。

中には、彼女が可哀想で泣いている者もいたが、それ以上に参列者たちが口を揃えて言っていたのは、
式の最中、彼女が歩いているのを見た……。

一瞬、彼の横に彼女が立っているのが見えた……。

という彼女の目撃談ばかりだった。

しかし、彼はそんな話を聞いても少しも怖いとは感じなかった。

それどころか、きっと彼女が喜んで出て来てくれたのかもしれない……と、そう思っていた。

しかし、友人の一人が式が終わってから彼にこう助言したという。

「式の最中にお前の横に間違いなく彼女が立っていたのを見たんだが、あれは喜んでいる顔じゃなかったぞ。恨んでいるかのように、ずっとお前の顔を睨んでいた……。だから……くれぐれも気を付けろよ？」

そんな言葉だった。

彼はそれを聞いた時、きっと何かの見間違いだろうと思ったらしいが、特に気に留めることもなく、式は無事に終了した。

そして、式が終わると彼は自分の気持ちにしっかりと区切りをつけるために、彼女との思い出の品を少しずつ燃やしていった。

最初は悲しくて小さな物でも躊躇していたが、そのうちに彼は少しずつ気持ちの整理もついてきたのか、どんどんと彼女との思い出の詰まった品々を燃やして灰にしていけるようになっていった。


そして、彼女が亡くなってからちょうど一年後、結婚式を挙げてから半年少々が過ぎたころ、彼に新しい彼女ができた。

亡くなった彼女のことを忘れられるほど明るく元気な女性だった。

皆、彼に明るい未来が訪れるのだと確信して疑わなかった。

だが、ここから不思議なことが起こり始める。

その頃、彼は仕事の関係で実家ではなくアパートに一人で住んでいたらしいのだが、彼が部屋に帰ると、部屋の様子が朝とは明らかに違っていた。最初は気のせいということで片付けていたのだが、どうやらそうではなかった。

次第に部屋の変化が顕著になっていく。

聞いた覚えのないCDが机の上に何枚も置かれていたり、ベッドのシーツが洗濯機の中で水浸しになっていたり……。そうかと思えば、彼が朝、食べたまま置いていった食器が中途半端に洗われていたり、新しい彼女と写っている写真立てがこなごなに壊されていたり……。

確かに気味が悪かったが、それでも彼はきっと彼女が寂しがっているのかもしれないな、と思い、自分の中だけで処理したという。

しかし、今度は実害が発生してしまう。

彼が仕事から帰宅すると、アパートの管理人からクレームが入った。

どうやら、彼が仕事に行っている昼間、大音量で音楽が鳴らされている、と他の部屋の住人からクレームが来ているとのことだった。

そして、それと同時に新しくできた彼女の身にも実害が及び始める。

聞けば、亡くなった彼女が新しい彼女の前に現れるのだという。

廊下の隅に立っていたり、家の外から彼女の部屋を見つめているということだったが、そのうちに、彼女が寝ていると枕元になくなった彼女が座ってきて、何度も首を絞めてくるのだという。

彼女はノイローゼになってしまい、病院に通い、仕事も辞めてしまう。

彼は彼女の墓参りをしたり、彼女の実家を訪れて、仏壇に手を合わせたりして、もう勘弁してほしいとお願いしたが、状況はいっこうに改善されなかった。


そんなある日、彼がアパートで寝ていると、何か冷たい感覚で目が覚めた。

ふっと目を開けると、亡くなった彼女が彼の横に寝ていたという。

横たわったまま、じっと彼の顔を睨んでいる。

それは霊安室で見た彼女の顔、そのものだったという。

そして、彼は思った。

式の最中に、友人が見たといっていたのは、この顔だったのか……。でも、どうして亡くなった彼女は俺のことをこんな目で見るのだろう……。

そう思っていると、横に寝ていた彼女が、むっくりと起き上がり、おもむろに彼の上に馬乗りになると首を絞めてきた。

とても女性の力ではなかったという。

〈お前のせいで……。死ね……死ね……死ね……死ね……〉

そんな言葉を聞きながら彼はそのまま意識を失ったという。

彼の話を深刻に受け止めた両親が親戚に相談し、あるお寺を紹介してもらった。

そのお寺に伺うと、住職をは激しく彼を叱責したという。

そんな中途半端な気持ちで死後婚などというものをやるべきではない。

そのまま亡くなった彼女だけを思って一生を一人きりで生きる覚悟が無いのに、思いつきの優しさでそんなことをするものではないのだ、と。

どうやら、死後婚という行いは、死者をあの世からこの世に引き戻してしまうことになるらしく、そんなことをされたら例えどれだけ愛し合っていた二人であったとしても、相手には恨みの念しか残らないのだと聞かされた。

とにかくこのままでは彼と、そして新しい彼女の命も危ないということで、それぞれ別のお寺で、七日間にも及ぶ除霊が行われ、彼と新しい彼女は、亡くなった彼女からようやく解放されたという。

やはり、死者に対して結婚という契りを交わすということは、それだけで死者を苦しめてしまうものなのかもしれない。

観光ガイド

これは知人が体験した話。

彼は所謂、観光客専門のタクシー運転手をしている。まあ、勿論、そういう専門の部門がある訳ではないのだが、人当たりが良く、言葉遣いも丁寧であり、地元の観光地にも詳しい彼は、北陸新幹線の開通で観光客が一気に増えた同時に、会社から観光客専門のドライバーとしての勉強をするように特命が下ったのだという。

そんな観光専門ドライバーは彼の会社では他にも数名いるらしいのだが、やはり、ただなんとなく知っているという程度では駄目らしく、石川県内の名所、旧跡に関してかなりの知識、つまり勉強が必要とされるらしい。

そんな彼だが、実は霊感がある。

それも、かなり強い霊感が……。

その日一日、石川県内の観光地を回るというお客さんを乗せる時には必ず霊的な要素が少ない、簡単にいえば、霊が見えない場所をお奨めするのだという。そうしないと、場合によっては、その観光地から霊をタクシーに一緒に乗せてしまい、お客さんに迷惑をかけてしまうこともあるからだという。

しかし、観光客の中には、事前に綿密な計画を立てて、タクシー観光を依頼してくる方も多い。そんな場合は、当然希望のルートを断ることはできず、所望されたとおりの観光地を回ることになる。

しかし、そんな場合でも、彼は当然のごとくタクシーからは降りずに、そのまま観光客が戻って来るのを待つのだという。

そうしないと大変なことになるから、というのがその理由だそうだ。

だが、それだけ気をつけていても、予期せぬ形で危険な目に遭ってしまうことはあるらしい。それは金沢駅で東京からの観光客を待っている時に起こった。

人数は二人と聞いていたのだが、彼に声を掛けたグループは三人組だった。良く見れば、中年の夫婦とその背後にひと際身長の大きな男が立っている。

無論、その男が生きている人間ではないことは即分かったという。

だから正直、その場から逃げ出してしまいたかった。

しかし、その夫婦はずっと以前から丸一日かけて石川県の観光地を回って貰うということで依頼が入っていたので、当然無下にはできず、彼は何も見えていないふりでにこやかに接したという。

そして、何処を回りましょうか？　と尋ねると、真っ先に頼まれたのが能登半島に在る自殺の名所だった。

彼はやんわりと、

「あの……あの場所は行かれても何も楽しいものが無い所ですよ……？」

と、目的地を変更してもらおうとしたらしいが、その夫婦は頑として目的地の変更には応じてくれなかった。

彼は仕方なく、指定された目的地に向かってタクシーを走らせた。

しかし、車を運転しながら、後部座席の二人に話しかけても全く反応がない。それどころか、二人が会話することもなく、心ここにあらずといった感じでぼんやりと外を見つめている……。

（あれ、これはもしかしたらヤバい状態なのかもしれない……）

後部座席の二人は憑依されており、意識を完全に乗っ取られている状態なのではないだろうか……。

そう思ったという。

そこでもう一つ気付いてしまった。

もし二人が憑依されているのだとしたら、自分に見えている大男の霊の他に、まだ二人分の霊も一緒に車に乗せているのではないのか、と……。

それまではできるだけ見ないようにしていた、二人のお客さんの間に座る男の霊の顔を窺うと、異様ににギラギラとした目でじっと彼の方を凝視していた。

(やはりこいつも、憑依できる相手を探しているのか……?)

そう確信した彼は、気持ちをしっかりと保つと共に、いつも肌身離さず身につけているお守りをしっかりと握った。

それにしても、そんな危険な霊に憑依された状態で自殺の名所に行くなど、それこそ自殺行為だと感じた彼は、二人の客にほとんど意識が感じられないこと、そして憑依した霊は、きっと金沢に来る前からついていたに違いないと判断し、それならば似たような地形の別の場所に連れて行っても分からないだろう、と踏んだ。独断で行き先を変更し、もっと手前にある海に張り出した岸壁に連れていくことにした。

緊張の中、黙々と車を走らせ、彼が目的地に設定した場所に到着した。

「はい!……到着しました!」

彼はわざと元気にそう告げると後部座席からは、

〈ここではない……ここは違う……〉

という声が聞こえてきた。

しかし、すぐにもう一人が、

〈ここでも大丈夫……此処にしよう……〉

と、そう言った。

彼はホッとして、

「それでは、行ってらっしゃいませ！　私はこちらの車で待機しておりますので……」

と送り出そうとしたのだが、そうはうまく行かなかった。

〈駄目だ……お前も一緒だ……〉

不服そうに返される。

勿論、彼一人でその場から逃げだすことはできたが、よくよく考えてみると、自分が乗せてきた観光客が、そのまま自殺した、などというのは決して気持のよいものではない。

だから、彼はその時、二人の観光客を守る意味で、岸壁まで同行することを決心したという。その際、万が一のことも考えて、ダッシュボードから粗塩とお経の経典もポケットに忍ばせたという。


その場所は本当の観光地とは違い、全く人がいなかった。

岸壁に続く道もほとんど整備されておらず、彼らは海の音を頼りに背の高い雑草を分け入るようにして進んでいった。

雑草が突然消えると目の前には岩肌が露出した岩壁と一面の海が現れた。

二人の間に座っていた大男の姿は見えなかったという。

二人の客が岸壁へと近づいていく。

彼は必死にその二人に走り寄ると、思いっきり二人の服を掴んで後ろへと引っ張った。

思わず、飛ばされてその場に倒れこむ二人。

彼は以前実際に見たことがあったお祓いを真似て、ポケットから粗塩を出すと、それを手に取り二人の背中を思いっきり叩いた。それこそ、ものすごい力で……。

そして、声に出してお経を唱えた。

すると、それまで苦しんでいた二人が、ハッと我に返ったように彼の顔を見た。

そう思った彼はそのまま二人をタクシーまで引っ張っていくと、そのまま後部座席に押し込み、一気に車をスタートさせた。

(今しかない!)

すると、後部座席の二人は、泣きながら彼に感謝の言葉を言ったという。

意識はあったが、黒い膜の様なものに覆われて何もできず、喋ることもできなかったということだった。

それから彼はそのまま金沢まで戻り、二人を知り合いのお寺に連れていき正式にお祓いをしてもらったという。彼が先ほどお祓いの真似ごとをしたお陰で、お祓いにはそれほど時間はかからなかった。

彼はその夫婦に、金沢市の有名な観光地だけを回ることを勧めて二人をタクシーから降ろしたという。

彼も良いことができたと満足だった。


しかし、信号で止まった時、ふいに後部座席から何かの視線を感じた。

恐る恐るルームミラーで確認すると、あの岸壁に行くまで夫婦の間に座っていた大男が、どっかりと後部座席に座り、じっと彼を見つめていた。

(しまった!)

だが、既に手遅れである。

彼はその男の霊があの夫婦から自分に標的を変えたのだと確信した。


一応、お祓いにも行ったらしいが、全く効果がなく、それでも車の外にまではついてこないようで、彼は常時タクシーの中にお香を炊き、見えない場所に何枚も御札を貼って営業を続けている。

猫の怖い話

彼は昔から猫が大好きだった。

だから、その時彼がとった行動もある意味、仕方のないことなのかもしれない。


それは彼が仕事を終えて帰宅する途中の出来事だった。

いつものように安全運転をしながら愛車で自宅へと向かっていた彼の目の前で突然、何かが道路へと飛び出してきた。

夕暮れの空はゆっくりと暗くなり始めており、通行する車も徐々にヘッドライトを点け始めていた。だから、彼にはヘッドライトに照らしだされた影が猫だとすぐに分かったという。

前を走る車が急ブレーキをかけた。

勿論、彼もそれに続いてブレーキペダルを強く踏む。

そして、ガリガリッという音とともに、断末魔のような鳴き声が彼の耳に流れ込んでくる。

轢かれた……。

彼がそう確信し、そのまま車を停止させたのとは対照的に、前を走る車はそのままその場から走り去っていった。

確かにそのタイミングでは避けることのできない事故だったのかもしれないが、そのまま走り去った車に怒りを覚えつつ彼は車を停止させた。

そして、ドアを開けると急いで轢かれた猫に駆け寄った。

真っ白な猫だった。

猫はかなり酷い状態であり、ぴくりとも動かなかったという。

（これじゃ、もう助からない……）

彼は猫に手を合わせると、亡骸を抱きかかえてそのまま歩道まで戻ろうとした。

と、その時——突然、その猫の目が開いた。

恨みに満ちたとても恐ろしい眼だった。


猫好きの彼もさすがに一瞬、恐怖を感じたが、再び猫が目を閉じたので、そのままその猫を車に乗せて帰宅ルートから外れて郊外の山の方へと走り出した。

彼が抱きかかえた猫はピクリとも動かず、彼は既にその猫が死んだものと判断した。

だから、せめてどこかの山の中にでも埋葬してあげようと思ったらしい。

山道に到着した彼は、そのままゆっくりとした速度で、その猫を埋葬するのに適した場所を探した。

山道に入ってから三分ほど走った所に、小さな広場を見つけた彼は、そこに車を停めた。

そして、車載道具から、雪道用の小型のスコップを取り出し、小さな穴を掘ってその穴に猫を埋め、上から土を被せた。その間、猫が動くことは一切なかったという。

しゃがみ込んだ彼はその場でもう一度両手を合わせ、猫の冥福を祈ったという。

車に戻り再び家路についた彼だったが、車を運転していると突然、猫の鳴き声が聞こえてきた。

何度も車を停めて確認したが猫が車の中にいるはずもない。

不審に思いながらもそのまま車を運転し、家に到着した。が、猫の鳴き声はその間ずっと聞こえ続けていたという。

ようやく家に着き、玄関を開けて中に入る。

彼は自宅でも猫を飼っていたのだが、何故かいつもは家の中でせわしなく動き回っている猫の姿が見えない。

心配になった彼が猫の姿を探すと、猫は窓の傍に座って外を見つめていた。

安心した彼がそばに寄っていくと、猫はそれまでに見せたことがないほど牙をむいて彼を威嚇してきた。

そして、その日を境にして猫は彼の家から居なくなってしまったという。

それからは昼夜に拘わらず家の至る所から猫の鳴き声が聞こえるようになった。

それも普通の鳴き声ではなく、弱々しく震えた、どこか不気味にも感じられる泣き声だった。

彼は慌てて猫の姿を探すのだが、やはりどうやっても猫の姿を見つけることはできなかった。


そんなある日、彼は真夜中に目が覚めた。

何かに見られている……。

そんな感覚があった。

彼がベッドから上体を起こそうとすると、窓のカーテンに猫のシルエットが浮かび上がった。

影からはどこか恨めしそうな鳴き声が聞こえてくる。

驚いたのはその大きさだった。

まるで、人間の数倍もある程、その猫のシルエットは巨大だった。

彼はそのまま再びベッドの中に潜り込んで震えているしかなかった。

ふいに生暖かい風が吹き込んでくる。

窓はしっかりと閉じられているのに何故……。

そして次の瞬間、寝室の中を何かが歩き回る音が聞こえてきた。

人間の足音ではなかった。

彼には、それが猫がフローリングの上を歩く時の音だとすぐに分かったという。

ただ不思議だったのは、その猫の足音は、どう聞いても四足歩行をしている足音には聞こえないのだ。

まるで、猫が二足歩行で歩きまわっているような音に聞こえた。

彼は息を殺して、布団の中で固まっていた。

フー…フー…フー…フー……。

そんな猫の息遣いが聞こえてくる。

彼は猫好きだったのだが、その時ばかりは命の危険を感じて、そのままじっとしているしかなかったという。

彼が被っている布団のすぐ近くから聞こえる不気味な鳴き声。

それは猫好きな彼を、一気に猫恐怖症へと変えていった。

被った布団の端を必死に掴みながら、間近から聞こえてくる猫の鳴き声に耐えていると、そのうちにふっと意識が途切れ、そのまま寝入ってしまった。

朝になりベッドから起き上がった彼は、寝室に変わった様子が無いことを確認してからベッドから出て一階のリビングへ向かった。

不思議とその朝は猫の鳴き声が何処からも聞こえてこなかった。

リビングに着くと彼の妻が台所でしゃがみこんで何かをしている。

「おはよう、何やってるんだ？」

彼が問いかけるも、まるで反応が無い。

いつもは彼よりも先に、「おはよう！」と言ってくる妻だったから不思議に思い、近づいて顔を覗きこんだ。

（え……？）

思わず茫然とした。

妻は、床に無造作に置いた生の魚に食らいついていた。

手すら使わず、自分の顔を魚に押し付けるようにして、生の魚をバリバリと音を立てて食べている。

「おい！　大丈夫か！　やめろっ」

彼は慌てて妻の肩を掴むと、自分の方を向かせた。

その顔を見て絶句する。

妻の口からは魚の血が滴り落ち、目も鼻もいつもの妻の顔とは全く違い、まさに猫そのものだった。

妻は、猫が威嚇するような声で叫び、彼の腕に噛みついてきた。

その噛みつき方が半端ない。本当に食いちぎらんとするような、かなりの痛みを伴うものだった。

実際、妻の口から腕を振りほどいた時、彼の腕はざっくりと切れて血が滴った。

それでも妻の体を掴み、背中を何度も叩きながら「しっかりしろ！」と繰り返すと、妻はフッと意識が途切れたようにその場に倒れ込んだ。

そのまま妻を寝室に運び、その日は彼も仕事を休んで妻の様子を見ることにした。

死んだようにぐったりとしている妻の姿を見て、彼の中に説明のできない怒りのようなものが湧きあがって来たという。

彼の頭の中には、あの事故で死んだ猫しか思い浮かばなかった。

なぜ事故の当事者ではなく、遺体を埋葬した自分にこのような怪異が降りかかるのか、その理不尽さに我慢ができなくなっていた。

どうにかして、あの猫の逆恨みを解消することはできないものか……。

彼はそう考えて、猫が喜びそうな物を探して家の中を右往左往していた。

どうすればあの猫の怒りを抑えられるのか？

どうしたら誤解を解くことができるのか？

ヒントを探して彼は家中の猫関連グッズを探し回っていた。


——そして、ある時から記憶がないのだという。

確かに家の中で探し物をしていたのは覚えているのだが、突然、妻から
「あなた！　何してるの！」

と大声を出されてハッと我にかえったという。

彼はその時、天井から自らロープを垂らして輪っかを作り、そこに自分の首を通して、椅子の上から飛び降りようとしていたらしい。

彼は自分が無意識にしようとしていた自殺に恐怖し、妻と一緒に泣いたという。

妻に改めて事情を話し、二人で考えて、とあるお寺に相談に行った。


寺の住職は、彼の顔を見るなり厳しい顔をした。

「猫に祟られてますね……。これは難しいかもしれません……」

そう言われたという。

それでも彼らの懇願に負けた住職は、彼の話を真剣に聞いてくれた。

そして、あの夜彼が猫を埋葬した場所にもう一行ってみることになった。

記憶を辿ってその場所を訪れると、何故か地面が荒らされていた。住職の指示で、急い

で埋めたところを掘り返してみる。

「あっ！」

出てきたものに驚き、思わず声が漏れる。

なんとそこには彼の家からいなくなった飼い猫がボロボロになって埋められていた。

それも……彼が埋葬した猫の下敷きになって……。

おまけにその場所には、何かの骨がもろとも一緒に埋まっていた。

それを見た住職は、

「あなたが埋葬したという猫は、まだ完全には死んでいません。勿論、肉体は死んでいますが、死んだままの肉に猫の怨念だけが宿っている。これが一連の祟りの原因です……」

そう言って、枯れ枝を何本も折り、その穴に入れて火を点けた。

炎は次第に大きくなっていき、それら全てを包み込んだ。

住職がお経を唱え出すと、何処からか「ギャァァア！」という叫び声が聞こえてきた。

途中から雨がポツポツと降り始め、やがて大粒の雨になったらしいが、住職のお蔭なのか、その炎はいっこうに弱まることもなく燃え続け、最後には全てが灰になったという。

住職は、別のお経も何度か唱えると、灰の上に持参した粗塩を撒きその上から再び土を掛けて、最後に何かが書かれた白木の板を地面に突き刺した。

「これで何とかなったはずです。本当なら、猫には関わりたくない……。それくらい猫というものの祟りは恐ろしいものなんですよ……」

住職はそう説明し、謝礼は一切貰ってくれなかったという。

彼ら夫婦は安心して家に帰った。

家に帰ると、確かに猫の鳴き声も聞こえなくなっていたし、不気味な空気感というものもすっかり消えていたという。

彼は安心して、床に就いた。

そして夢を見た。

夢の中では自分に見える視界というものがいつもと違っていた。

見えている色彩も明らかに違う。

自分が夢の中で猫になっているのだと分かった。

しかし、彼の意志とは関係なく猫は動いた。

道路の向こう側に向かって突然走りだした彼は、悲鳴のようなブレーキ音を聞いたと同時に、激しい痛みが体を駆け巡るのを感じた。

自分の体を見ると、内臓が体の外に飛び出しており、心臓の鼓動がどんどんと大きく、やがて遅くなっていくのを感じた。

そして、突然彼の視界は真っ暗になり、そこで夢から醒めたという。

恐ろしい夢だったが、彼には、その夢が、あの猫が車に魅かれた時の状態を再現してみせたのだと確信した。

どうしてそんなものを見せたのかは分からない。

痛みを分かって欲しかったのかもしれないし、そんな簡単な話でもないのかもしれない。

ともあれ、彼の周囲で怪異が発生することはなくなった。

それまで猫好きだった彼も、この時の恐ろしさのせいか、今では犬しか飼えなくなっているのだそうだ。

廃墟

これは友人が体験した話。

今でこそ真面目な幹部社員として、とある企業に勤めている彼。人当たりも良く、石橋を叩いて渡る程の慎重な性格であり、上司や部下からの信頼も篤いらしい。家族も、彼のことをかなり理想的な父親、夫と思っている……まあ、それについては俺がとやかく言うことでもないのだが。

しかし、昔の彼は違っていた。

頻繁に車を乗り換えてはナンパの道具として使い、ギャンブルが何よりも大好き。そして、危険なことにも目がなかった。

勿論、危険なことというのは、心霊スポット巡りのことである。

彼は心霊スポットに行きたくなると、いつも俺たち友人を誘ってきた。

最初はその誘いに応じていたが、そのうち俺の友人たちは彼の心霊スポット探索には一切つき合わなくなった。

そして、それは俺も同じだった。

理由は簡単である。

彼はいとも簡単に友達を見捨てるのである。

心霊スポットに行き、ヤバくなると必ず一番先にその場から逃げた。

他の者を平気でその場に残したまま……。

ひどい時には彼の車で心霊スポットに行ったのに、自分一人だけ車でその場から立ち去ってしまうということがあった。

そして、後日、その時のことを面白おかしく他の皆に報告する。

一緒に心霊スポットに行った者の中には、本当に危険な目に遭った者もいたというのに、彼はそれを笑いを取る道具や自慢話として平気で話を捻じ曲げて話して回った。

そんなことばかりしていたら、彼と行動を共にする者はどんどんと減っていき最後には誰もいなくなった。

しかし、それでも彼は心霊スポットに行くのを止めなかった。

最初は俺たちのように純粋に心霊スポットを探索したいという者を募って現場に行っていたらしいが、やはりそんな彼だからどんどん仲間は減っていった。

それでもへこたれない彼は、いつも当時付き合っていた彼女と心霊スポットに足を運んでいたらしい。

まあ、格好良い自分の姿を見せたかったのかもしれない。

そんな彼がある時を境にして一切、心霊スポットには行かなくなった。

今回は、その切っ掛けとなった話をしてみたいと思う。


その時、彼は付き合っていた彼女と県内のとある心霊スポットに行ったらしい。

しかし、その心霊スポットというのは、俺たちの間でも禁忌の場所としてなかなか探索する者がいないというほどの危険な場所だった。

そんな場所に彼は彼女と二人で訪れてしまった。

何も知らないままに……。

そこは一階が駐車場になっていたが、今は停められる状態ではなかったので、彼は少し離れた場所に車を停めてきた。

そして、彼女と二人で階段を上っていった。

その心霊スポットは、廃墟となったとある施設だった。

営業していた当時から、部屋や廊下で得体の知れないものを見たという噂が広まり、事実、その場所では沢山の心霊写真が撮られていた。

本来なら心霊探索にもってこいの場所だと思うのだが、誰も近づかなくなったのには理由があった。

それは、その廃墟に行った者たちの中の一人が必ずと言っていいほどその場所から大怪我をして帰ることになったからだ。

中には瀕死の状態で病院に運ばれ、その数日後に命を落とした者までいたのだから、危険すぎるスポットとして認識されていたのもうなずける。


彼らは階段を二階に向かって歩いていた。

すると、彼女が、

「あっ、ごめん。車に忘れ物してきちゃったから、キー貸して！」

と言ってきた。

彼は、動じることなくポケットから車のキーを取り出すと、それを彼女に渡した。

本当は人一倍怖がりな彼だから、彼女について行きたかったのだと思う。

しかし、プライドと自分を格好良く見せたいという気持ちが何よりも強い彼だから階段の途中で彼女を待つことにした。

しかし、なかなか彼女は戻って来なかった。

彼はその時こう考えたという。こんなに長い時間が経過して、彼女が戻って来た時までさっきと同じ場所にいたとしたら怖がりだと思われてしまうのではないか、と。

だから、彼は少しだけ階段を上ることにした。

階段を少し上るとそこには踊り場があり、そこが二階部分への入口になっていた。

少し怖かったが、彼は興味本位で踊り場から二階の内部を覗いてみた。

昼間だというのにとても暗く、ジメジメと濁った空気が充満している。

それにしても、その廃墟には何も落書きがされていなかった。これだけの廃墟なら、探索にきた若者たちが、そこに自分の名前などをスプレーなどで書き残していくというのが、よく見られる風景なのだが、そこには全く人が来た形跡から感じられなかったという。


そんな時、突然、階段の下から誰かが上ってくる音が聞こえてきた。

その音に、彼は反射的に建物の中に身を隠していた。

足音は一緒に来た彼女以外には考えられなかったから、どうせなら下から上って来る彼女を驚かせてやろうと考えたのだ。

先ほどまでは暗くてとても一人ではいられないと思っていた建物の内部だが、彼女がもうそこまで来ていると思うと不思議に怖さは感じなかった。

息を殺して彼は二階への入口のドアの陰に隠れていた。

足音は、ゆっくりと近づいてくる。

そして、まさにその足音が踊り場まで上って来た時、彼は勢いよく飛び出そうとして、寸でのところでとどまった。

その時、彼は心臓が止まりそうなほどの恐怖を感じていた。

踊り場に立っていたのは彼女ではなく、見知らぬ女だった。

病院の入院用パジャマみたいな寝間着を着た女で、体には至る所に包帯が巻かれていた。

傷が化膿しているのか、その包帯の表面には、いくつもの黄色いシミが浮き出ていた。

彼はすぐにでも、その場からいつものように逃げ出したかった。

しかし、踊り場にその女が立っている以上、彼の逃げ場は二階の建物内部しか残されていなかった。

(来るな……こっちに来るな!)

彼は心の中でそう叫び続けた。

その願いが通じたのか、その女は再び三階へと階段をのぼり始めた。

彼は一瞬ホッとして、ゆっくりとその場から階段の踊り場に出た。

気付かれないように、静かに静かに……。

そのまま階段を降りようとした時、ふと、先ほどの女がどのくらいまで上っているのか気になってしまい、三階へと続く階段を振り返った。

(え……?)

彼は呆気にとられてしまった。

三階への階段を上っていたのは紛れもなく、一緒に来た彼女だった。

彼は、自分が恐怖のために、彼女の姿を見間違えてしまったのかと思い、大きな声で彼女の名前を呼んだ。

「○美！」

と、その彼の声が終わらないうちに、階下から大きな悲鳴が聞こえてきた。

彼は思わず、階段の下を見た。

するとそこには、恐怖で蒼ざめた顔の彼女が震えながら固まっていた。

（え？　彼女が二人？）

混乱した彼は、再び三階へと上っているはずの彼女の姿を確認しようと振り返った。

見上げる彼の視界、そこには見知らぬ女の顔があった。

間違いなく、先ほど彼の目の前の踊り場にいた包帯の女だった。

その女の目がギラギラと光っていた。

彼は咄嗟にその場から逃げようとした。

しかし、その瞬間、彼の体は自分の意を反して、凄まじい勢いで階段を転げ落ちた。

転げ落ちる途中、彼は無意識に受け身を取りながらも、回転していく風景を見ていた。

最初は、階段の上で雄たけびを上げている女の姿と、階下で恐怖におののく彼女の姿が見えていた。

やがて、階段の上でゲラゲラと笑う女の姿と、そして同じように階下でゲラゲラと笑う女の顔に変わっていったという。

彼は、全く訳が分からないまま、意識を失ったという。

彼が発見されたのは、その日の深夜。

あまりにも帰りが遅いということで、色々と手を尽くして探してくれた家族が階段の下で息も絶え絶えになっていた彼の姿を見つけ、すぐに救急車を呼んだ。

一方、廃墟に一緒に行った彼女は、彼の車の中でヘラヘラと笑い、訳の分からない言葉を繰り返している状態で発見されたという。

結局、彼はそのまま半年間の入院の後、後遺症は残ったが、無事に退院した。

しかし、彼の車の中で発見された彼女は、いまだに正気に戻ることはなく、数年経った現在でも、鉄格子と監視のついた病院に入ったままだという。

その廃墟は、今もその場所に実在している。

七人ミサキ

これは俺の友人が体験した話である。

当時、彼女が付き合っていた彼氏が事故を起こしてしまった。

彼は大型トラックのドライバーであり、長距離輸送を週に何度も行わなければならない過酷な仕事に就いていた。元来真面目な性格で、長距離運転の前日にはしっかりと睡眠をとっていたし、運転中も速度を守り、きちんと休憩をいれるなど、万全の注意を払っていた。だから、ある意味事故は不可抗力だったのかもしれない。

渋滞を避けるために裏道の農道に出て、そこを制限速度ギリギリで走行していたところ、五人の若者が乗った車が猛スピードで走って来て、反対車線にはみ出した挙句、対向してきた彼氏の大型ドラックと正面衝突してしまったのだ。

若者たちの乗った車は流行りのスポーツカーであり、相当なスピードが出ていたのは目撃者の証言でも明らかだった。おそらく時速百キロは超えていたと思われる。

そんなスピードで対向車と、しかも大型トラックと正面衝突すれば、いったいどうなってしまうのか……。それは想像に難くないと思う。

トラック自体も前方がかなり潰れ、パンパーが吹き飛んだらしいが、それだけの衝撃を与えた若者たちの車は、ほぼ原形を留めていなかったという。

車の全長は三分の一ほどになり、車の下からは大量の血が道路へと滴り落ち、大きな血溜まりができるほどだったという。

誰もが全員が即死だと思った。

しかし、レスキュー隊の懸命な対応のお蔭で後部座席に居た二人の女性が意識不明の重体ではあったが、何とか病院に搬送された。前席の二人の男性と、後部座席の女性一人は、とても人間だったとは思えない肉の塊になって即死していた。

車から生存者二人と三人の遺体を車外へ取り出すだけでも、かなりの時間を要し、その場所が車が通れるくらいに復旧されるのに、一日半ほど掛ったほどの大事故だった。

彼氏自身も両足を骨折し、そのまま入院。

しかし、別の緊急病院へ搬送された二人の女性の状態は壮絶なものだった。車から体を引き出す為に、仕方なく両足を切断され、足や腕からは骨が露出していた。そして、そんな痛みさえも感じない程に意識が朦朧としていた。

病院に運び込まれてからも集中治療室で懸命な処置が二十四時間体制で続けられた。

その甲斐もあってか、二人の女性は奇跡的に意識を取り戻した。

まだ予断を許さない状態ではあったが、とりあえず命の危機といえる重篤な状態からは脱することができた。

喋ることもできず、寝ているだけ――それでも二人の女性たちの親は、自分の娘の命が助かるということに涙を流して感謝していた。

相変わらず二人の女性は集中治療室からは出られないでいたが、それでもスタッフを含め、家族らにもほんの少し安堵の表情が見られるようになっていたその矢先、二人の女性はほぼ同時に突然死亡した。

何かに脅えるような表情と最期の叫び声をあげて……。

集中治療室は一気に凍りついたという。

慌てて医師が二人の状態を確認したが無念の表情で首を横に振るしかなかったという。

事故から三週間あまりが経過していた。

だから、事故による死亡という扱いにはならなかったが、事実上、その事故で乗用車に乗っていた五人全てがこれで死亡することになった。

彼氏はその事実を聞き、かなり落ち込んだという。

確かに自分に非があった訳ではなかった。

しかし、結果として自分が絡んだ事故で相手の車に乗っていた五人全てが死亡したという事実は、彼氏に重く圧し掛かっていた。

警察も、彼女も、彼氏に対してそこまでで責任を感じることはないと諭したが、それでも彼は決心していたという。

相手の両親たちも、彼氏の所に見舞いに来て悪いのはこちら側なのだから……と言ってくれたがそんな言葉も彼の固い意志を曲げることはできなかった。

足の骨折が治り無事に退院できたら、出家して仏門に入る。そうして彼ら五人のお墓に毎日お参りさせて貰おうと、彼氏は決めていた。

それが自分にできるせめてもの供養なのだから、と……。


しかし、そんな彼の思いは実現することはなかった。

二人の女性が亡くなってから彼氏は毎晩、怪異に悩まされるようになる。

五人の若者が病室で寝ている彼氏のベッドを取り囲むようにして立ち、お前はどうして生きているんだ？　俺達はお前のせいで死んだのに……。

そう言って彼氏を責め立てた。

それは朝になるまで続けられ、朝になると、五人は隊列を組んでスーッと病室から出ていくのだという。

その話を聞いた彼女は意を決して相手の両親にそのことを伝えた。

しかし、返ってきたのは、

「あの子はそんなことができる子ではないんです……。おとなしくて気が弱い子。だから、今回のことも決して貴女の彼のことを恨んだりしていないはず……」

という言葉だった。

確かに親の態度をみれば、娘さんがどんな育てられ方をしたのかは分かるものであり、彼女自身も、あの両親に育てられた若者がそんなことをするなんてとても信じられない、と思ったそうだ。

しかし、事実として彼氏は容体が悪化していき、足の骨折とは全く関係のない高熱を出して、そのままあっけなく死んでしまった。

彼女は、突然彼氏が亡くなってしまったことに悲観して自分を責め続けた。

どうして、自分は彼氏の言うことを信じてあげられなかったのか、と。

彼女は仕事も休み、毎日家の中でぼんやりと過ごすようになっていく。

そんな時、俺は偶然、彼女のアパートを訪ねた。

趣味関係の役割で、どうしても渡さなければいけない書類があったから。

そして、玄関に出てきた彼女の顔を見て、俺は驚いた。

まさに、何かにとり憑かれている顔だったからだ。

だから、彼女に尋ねてみた。

何か困っていることはないのか、と。

しかし、現実には彼女自身には何も霊障など起きてはいなかった。

だから、彼女はゆっくりと首を横に振りながら、

「大丈夫……疲れてるだけですから……」

と答えるのみだった。

しかし、心配になった俺はすかさずAさんに相談した。彼女と仲の良い友達から全ての経緯を聞いた上で……。

しかし、Aさんの態度は相変わらず冷たい。

「何も起こっていないんでしょ？　それに大丈夫だって言ってるんですよね？　そんな人に私が、あなたにはこれから大変なことが起こります！　全然、大丈夫なんかじゃないですから、私が何とかさせて貰いますね！　とでも言えば良いんですか？　何度も言ってますけど私は霊能者なんかじゃありませんから。普通に働いて生計を立てている、ただの美人教師ですから。だから、勘違いして、いつも面倒に巻き込むのは、明らかにKさんの迷惑行為なんですけどね……！」

そう言って電話が切られた。

まあ、Aさんの言うことにも一理ある。

確かに何も起きてはいない現状ではどうしようもなかった。

ただ、やはり心配になった俺はできるだけ彼女から目を離さないようにした。


それから二週間ほど経った頃だろうか。

突然、彼女から電話がかかってきた。

電話口の彼女は息も絶え絶えといった感じで呂律も回っていない。

俺は急いで彼女のアパートに向かった。

アパートに到着しチャイムを鳴らすが反応は無かった。

俺はそのまま帰ろうとしたが、もしかして……と思い、ドアノブを回してみる。すると、ドアノブは軽く回り、玄関のドアはあっさりと開いてしまった。

鍵を掛けていなかったのか？

何やら胸騒ぎがして、玄関から彼女の名前を呼んだ。すると、

「ウゥ……ウゥ……」

といううめき声のようなものが聞こえてくる。

慌てて部屋の中に入り、部屋の電気を点けた。と、その瞬間、何か黒い靄のようなものが彼女の部屋の窓から出て行くのが見えた。

その後には、息も絶え絶えといった様子の彼女が苦しそうに倒れていた。

俺は急いで救急車を呼び、彼女はそのまま病院に収容された。

心身衰弱状態の彼女は、信じられない程の高熱でうなされ続けた。

医師からは、このままでは高熱で死ぬしかなくなる。ただ、どんな解熱剤も全く効かないのだと説明を受けた。

俺は急いでAさんを呼ぼうと思った。

その瞬間、誰かが俺の肩を叩いた。

振り返ると、なんとそこにはAさんが。

「え？　なんで？」

呆気にとられる俺に、Aさんは鼻で笑う。

「だから、いつも言ってるじゃないですか。Kさんの守護霊は、こっち側の存在だって……。Kさんと違って有能ですからね！　すぐに知らせてくれました。まあ、私もあの電話の後、少し気になっていたので……」

と、相変わらず面倒くさそうに答える。

「これってやっぱり霊障なのかな」と聞くと、少し難しい顔をして、

「まあ、そんな簡単なものならいいんですけどね……」と肩を竦めた。

Aさんはベッドで苦しそうにしている彼女の頭を両手で覆うと、十秒間ほど目をつぶる。

「まあ、こんな感じかな……。もう熱は下がってるはずですけど…」

俺は急いで自分の手を彼女のおでこに当ててみた。

すると、先ほどまでの高熱が嘘のように下がっていた。

「はい、じゃあ起きてもらって……」

Aさんは、先ほどまで高熱で苦しんでいた彼女を揺り動かし起こそうとする。

「あの……ちょっと、それはさすがにまずいんじゃないの？」

一応進言してみたが、当然Aさんは耳も貸さない。

かくして彼女は眼を覚ました。

「あれ？　Kさん……。私、助かったんですか？　やっぱりKさんに電話掛けて良かった……」

そう言って涙ぐむ彼女に、すかさずAさんが訂正する。

「いえ……助けたのはKさんでなく、私ですから。それに、まだ助かってはいませんよ……。これって、霊障なんかじゃなく、〈呪い〉ですから」

そう言うと、彼女に、最近起こったことを次々と聞いた。

どうやら、彼女は足の骨折から高熱を出して死んだ彼氏の霊につきまとわれていたようだった。

「いつも、私の横に現れて、俺は死んだのにお前はまだ生き続けるのか？　って……そう言ってくるんです」

そんなことを言う人では絶対になかったのに……。

亡くなる時だって、私のことだけを心配しながら死んでいったのに……。

「彼が現れる時、いつも彼の傍には四人の若者が立っていて、じっと私を睨んで……」

そこまで聞いたAさんは、語気を強めて問いただした。

「それで貴女は彼氏に、お前はまだ生き続けるのか？　って聞かれて、死にたい、とか首を横に振ったりとかしてはいないんですよね!?」

そう聞かれた彼女は、しっかりと頷いた。

「勿論です……。以前の彼にならば、付いていく気持ちにもなったかもしれない。でも、死んでからの彼は全く変わってしまったみたいで……。だから、死にたいとか首を横に振ったりとかは絶対にしていません」

それを聞いたAさんは、ほっとしたように口角をあげた。

「それなら、まだ貴女を救えるかもしれません！　いいですか、今のあなたは一時的に呪いを解かれた状態です。でも、彼氏やそいつらがまたやって来たらすぐに呪いが再発してしまいます。ですから、この病室に強力な結界を張っておきます。たぶん、二～三日は持つでしょう……。ただし、誰が来ても絶対に自分からはドアを開けないこと！　あいつらは自分でドアを開けて入って来ることはできません。色々と巧妙な手を使ってドアを開けさせようとするかもしれませんが、それだけは絶対に守ってください。もしも開けてしまったら、そのまま連れて行かれますよ。その間に、私達がしっかりと呪いの元を消しますから……。

そう言うと、Aさんは、部屋の中に自分で作ったであろう護符をペタペタと貼っていく。

それこそ、いつもより念入りに……。

そして、全て貼り終えると、
大丈夫！　人間には全く効力はありませんから……。これで入って来られないのは、人外のモノということですからね。それじゃ、行きましょうかね！

そう言って、Aさんは颯爽と病室を出ていく。

俺は、そのまま彼女のそばで看病しようとしたが、予想通り、廊下からAさんの呼び出しがかかる。

「Kさん？　Kさんがいないと誰が雑用するんですか？」

俺は仕方なく病室から出て、Aさんの後に続いた。


俺の車に乗ると、Aさんは大きなため息をついた。

「あ～あ……本当に厄介なことにばかり巻き込んでくれますよねぇ。Kさんは七人ミサキって知ってますか？」

俺が首を横に振ると、心底呆れた顔でため息をつく。

「本当に何の役にも立ちませんよね……」

七人ミサキって、所謂、亡霊の集団です。本来は四国や山陽地方が発端だったらしいんですが、今では全国各地で起こっています。

七人ミサキっていっても、別に七人いないと成り立たない訳じゃないんですよ。要は、奇数なら成立してしまいます。一般的に数字の偶数は『陰』、そして数字の奇数は『陽』とされています。でも、これは逆の意味なんですよね。偶数は、静的で安定した数字。それに対して奇数は、動的でそこから変化を求める数字なんです。

つまり、七人ミサキっていうのは、七人の霊が集まって悪霊になり、誰か一人を呪い殺すことで、七人の中の一人が成仏できる。そして、呪い殺されたその一人が、新たな七人ミサキとして仲間に加えられる。そして、その仲間に入れられてしまったら、生前、その人がどんなに素晴らしい人であっても、邪悪な悪霊になってしまう。

でも、実際には、一人が新たに加わったからといって、七人の中の一人が成仏している訳ではないんですよね。より強力な悪霊となって、その七人をバックアップするだけ。そうして人を呪い殺して仲間にしていくという目的を持っているから、それらの悪霊の集合体はとてつもなく強力なんです。

浄化とか生易しいことをしている暇はありません！　彼女には悪いけど、彼氏さんも含めて『無』に帰すしかない。そうしないと、やつらはどんどん膨らんでいって、いつかは誰も対処できなくなってしまうから……。私も辛いんですけど……。

そこまで一気に説明すると、Aさんは「それじゃ、早速行きますか」と言う。

「ええっ、行くって何処に？」

「本当に平和ボケした人ですよね……。そんなもの、その元々の五人が悪霊の集団になるきっかけになった事故現場に決まっているじゃないですか？」

と、さも当たり前といった調子で冷たく言われてしまう。

俺は急いで彼女と仲の良い友達に電話をして、その事故現場の詳しい場所を聞き出した。

あとはもうAさんの指示の元、急いで事故現場へと車を走らせる。

そのうちに雨が降り出して来た。

すると、突然、目の前に車が飛び出してきたり、大きな看板が落下してきたり、と尋常ではない状態になった。

すると、Aさんが、助手席から、

「ほらほら…早速、邪魔が入って来ましたからね……。Kさん、ちゃんと運転してくださいよ！　運転くらいしか取り柄が無いんですから……」

と、不穏なことと失礼なことを一緒に言う。

俺にはこれから向かう事故現場よりも、Aさんの冷たい視線の方がよっぽど恐ろしく感じるのだが……。

無事に事故現場に到着すると、降りしきる雨の中に人が数人立っているのが見えた。

俺は車を事故現場のすぐ脇に停めると、その数人が車を囲むように移動した。

すると、Aさんは、

「これから車を降ります……。そして、車の周りを取り囲んでいるのが七人ミサキならぬ五人ミサキです。私は、気を攻撃に集中させますから、Kさんは私のことを護りたいって念じていてください。それだけの力がKさんの守護霊にはありますから……」

そう言って、Aさんは車を降りた。

車を取り囲んだ五人は、まるで蜃気楼のようにその姿をユラユラと大きなものにしていく。

それを見て、俺は精一杯Aさんの無事を祈り続ける。

すると、Aさんの体と俺が乗っている車がまるで放電しているように青白い光に包まれた。

Aさんの声が聞こえてくる。

「自分のせいで死んだ癖に他人を巻き込むんじゃないよ！　どこで七人ミサキなんて知ったのかは知らないけど、それは自分たちにも返って来るっていうのが分からないの？　今のあんたたちの顔は、邪悪な悪霊そのもの……。見ていてヘドが出るよ！　それ以上、醜い姿になる前に、私が無に帰してやるから……」

そう言って、両手で何かの印を結んだように見えた。

その瞬間、断末魔の叫び声が聞こえたかと思うと、五人の姿は大きな黒い炎に包まれた。

そして一瞬のうちに、それらの姿は消えて、静寂が訪れた。


雨はもうあがっていた。

それから、車で彼女の病院に向かうと、元気な姿の彼女が出迎えてくれた。

Aさんが言ったとおり、来るはずのない友人や懐かしい人の声色で病室のドアを開けてくれ、と何度も言ってきたらしいが、彼女は決してドアは開けなかったということだった。

そして、その帰り道、俺はAさんに聞いてみた。

「あのさ……さっき、黒い炎みたいなのが見えたんだけど？」

すると、Aさんは、

「ああ……あれが地獄の業火ってやつです……。凄く熱いみたいですね……。だから、あいつらはその暑さの中で想像を絶する暑さと苦しみの中、一瞬で無に帰されました。かわいそうかも知れませんがもう二度と戻っては来られません。自業自得なんですけどね……」

そう言っていた。
ちなみにその後、彼女の周りでは一切怪異は起こっていない。

許婚《いいなずけ》

これは俺の知人が体験した話である。

彼女の家は、もう何代にも亘って会社を経営している名家だ。その会社というのは、地元ではかなりの大手企業という位置づけになる。彼女の場合、本家という訳ではなかったのだが、彼女の父親をはじめ、親戚のほとんどが、その会社でなんらかの要職に就いているという一族企業。確かに彼女の父親は本家筋ではなかったが、それでもかなりの裕福な生活を送っていた。市内の高級住宅街の中でもひと際目立つ豪邸に住み、家政婦さんを雇うほどの生活。いつも高そうな服ばかりを着ていたし、免許を取って最初に買ってもらったのが、某高級外車だったのだから、俺にしてみれば、まさに夢のような人生だ。

ただ、彼女自身は取り立てて自慢げな所も無く、何処にでもいる優しくて明るい女の子だったから、彼女の周りにはいつも友達で溢れていた。

そして、彼女はかなり美人の部類に属していたと思う。

当然のことながら、彼女に好意を寄せる男性も少なくはなかった。

普通、そんな良家の一人娘ならば、両親も娘の交友関係に口を挟むものだと思うのだが、何故か彼女の両親は完全に放任主義だった。

それはもしかすると、これから彼女が送らねばならない人生を知っていたからなのかもしれない。

ある時、彼女は両親と一緒に本家に呼ばれた。確か、彼女が大学を卒業した頃だったと思う。

そして、本家の当主である祖父から言い渡されたのは、彼女には決められた許嫁がいる、という事実だった。

それを聞いた時、彼女だけでなく、彼女の母親もかなり驚き、そして動揺した。

しかし、父親だけはある程度の覚悟はできていたのか、悔しそうな顔は見せたらしいが、その宣告を甘んじて受け入れたという。

彼女自身、そんな話は一度も聞かされたことがなかったし、将来は自分で決めた相手と結婚して、幸せな人生を歩むものだと思っていた。

だから、自宅に戻ってから、かなりそのことで両親と揉めたという。しかし、本家の意向というものは、かなり厳しいものらしく、彼女は両親の生活を守るためだと自分に言い聞かせて、渋々その話を受けたという。

だが、それからというもの彼女の生活は一変した。

家からもなかなか出してもらえなくなり、男性と話すことなど完全に禁忌とされてしまった。

　おまけにきちんとそれを守っているか監視するために、本家からはボディガードまで付けられる始末。あまりに息苦しい生活に、次第に彼女の中で鬱憤が溜まり、ある日それが大爆発してしまう。

　本家に赴き、許嫁の話を撤回してもらおうとしたのだ。彼女はそれこそ、祖父と喧嘩してでも自分の意志を貫き通すつもりだった。

　しかし、祖父を始め本家の皆の顔は、怒るというよりも申し訳ないという思いが顔に出ていたという。

　とうとう祖父は彼女に頭を下げ、これはお前の両親だけではなく、この一族全体を護ることになる、お前には本当にすまないと思っているが、何とか受諾して貰えまいか。そう懇願されたという。

　彼女は、祖父たちの予想外の態度に拍子抜けしたと同時に、その不思議な風習に少しだけ興味を持った。

　結論は自分で色々と調べてからでも遅くはない——そう思い直したという。

　しかし、どうやって調べようかと考えると、なかなか妙案は浮かばなかった。

　すると、意外なことに彼女の母親が進言してくれたという。

元々その一族とは何の関係もない母親は、そもそも、許嫁という習わしに異論を持っていたようだった。

母親が進言してくれたのは、親戚の中でも、完全に疎外されていた存在の叔父に尋ねてみる、ということだった。

その叔父というのはかなりの偏屈者であり、一族が経営している同族企業には属さず、全く別の会社に勤めているという変わり者であり、彼女自身、その叔父が苦手だったこともあり、これまではあまり話したこともなかった。

しかし、そんなことを言っている場合ではなかった。

彼女は、叔父に連絡すると、意外にも二つ返事でＯＫしてくれたという。


そして、その週の土曜日の夜、彼女は郊外にある叔父の家に向かった。

叔父の家に行くのは初めてだったが、その家は彼女の家と比べるまでもなくかなり小さく古い家だった。奥さんと二人暮らしの叔父は、訪ねてきた彼女を快く迎えてくれた。

家に入ると、良い意味で不思議な感覚を覚えた。

小さな家だが、どこか温かくて開放的な家……そんな印象だった。

彼女は叔父に、許嫁の話を全て打ち明けた。そして、それについて知っていることを教えて欲しいと頼み込んだ。

他の親戚に頼んでも絶対に話してくれなかったこと。

それを、その叔父が簡単に話してくれるとは思っていなかった。

しかし、叔父は少し笑いながら煙草に火を点けると、

「あのな……この家に入った時、何か感じたか？　安心するとか、自由とか、そういうのを感じたのならまだ救いようがあるのかもしれないからさ……」

確かに、それは感じた。

彼女がそう思っているのが叔父にも伝わったのだろう。ゆっくりと頷くと、きっぱりとした口調でこう言った。

「はっきり言うぞ！　うちの一族はあるモノにずっと監視されているんだ。本家も、分家も、お前の家も全て……。だけど、本家や親戚から離れた暮らしをしているワシの所には監視の目が無いんだよ。だから、いつも監視された生活を送っているお前たちからすると、良い意味で違和感を覚えるかもしれないな。でも、これは本当のことなんだ！　それが嫌だったから、ワシは一族から離れて生きることを選んだのさ。

それから許嫁に関してだがな、それはずっと昔から繰り返されてきた悪習だ。お前はきっと、ずっと前から許嫁が決められていたとか何とか説明されたんだろうが、本当はそうじゃない。その監視しているモノが、その一族の忠誠の証として、その一族から一人だけ気に入った娘を貰えるという約束をしているだけだ。だから、ずっと前から決められていたん

ではなくて、ずっと一族全てを監視していたそいつが、つい最近、お前を選んだ、ということなんだよ。要は、人身御供と同じだよな……。そんなものが、まだこの現代に残っているなんて考えられないことだろ?

もしもこの話が信じられないのなら、本家に行って許嫁の写真や詳細を提示して欲しい、と言ってみるといい。きっと、あいつらは何も見せられないというはずだから……。

いいか、許嫁になった女は、本家が用意した家に一人で住むことになる。それでも、毎日、姿を現さない、見たこともない相手の為に食事を作り掃除をし、風呂も沸かさなければいけないんだ。寝る時も、ちゃんと布団を二人分敷くんだ……。いつ、その相手が現れても良いように……。だけどな、そいつが現れないうちがまだ幸せなんだ。現れたら、もしも姿を見る時が来たら、その時がその女の最後なんだ。そんな一族の女を何人か知っている……。彼女らは皆、そのまま行方知れずになる。本家では、一緒に幸せな場所にのぼった、とか寝ぼけたことを言っているが、真実はそんなものじゃない。いつも、女が行方不明になると、その家から一人分の喉仏の骨が見つかるんだよ。あいつらは、何故か、喉仏だけは食べないからな……。

つまりだ……食べられてしまうんだよ……。そいつに……。喉仏の骨だけを残して、跡形もなく食い尽くされる。そうやって、あいつらは、十年、二十年に一度、一族の忠誠をはかるために許嫁という名の人身御供を強要している。

だから、逃げるなら今しかないぞ。そいつと生活を共にし始めたらもう逃げられない。あいつは姿は見えないが、いつだってすぐ側で監視しているんだから……」

そこまで言われて、彼女は頭が真っ白になった。死ぬほど恐ろしいが、現実感がない。本当にそんなことがこの世にあるのだろうか……。

だから彼女は聞いた。

「叔父さんの言うことが本当だとしたら、さっきから何度も出てくる、〈そいつ〉って、いったい何なの？」と。

叔父は急に真顔になってこう言った。

「あのな……それを言うのは禁忌とされているんだ……。その正体を口にした者は、そのままでは済まない。だが、今のお前の気持ちは痛いほどよく分かる。ワシの仲の良かった従姉妹も、そうやって食べられてしまったんだ。だから、今から一瞬だけ、この紙に書く。本当に一瞬だぞ。それを読んで、後はもう自分で調べて欲しい……」

叔父は目の前にある紙に、ある文字を書いて、すぐにそれを丸めて灰皿の上で燃やしてしまった。

しかし、彼女には、しっかりとその文字が読み取れた。

それから自宅ではなく、図書館でその文字について調べた。

結果、彼女は自分自身がいったい何と許嫁にされたのかを悟った。

そして、悩み抜いた末に、そのまま許嫁の宣告を受け入れた。調べた結果として、それから逃げることは不可能だと悟ったからだという。

しばらくして彼女は、そいつと生活を共にするようになった。彼女がどんな生活をしていたのかは全く分からないのだが、数年前から完全に音信不通になってしまっている。

彼女はどうしているのか。

喉仏の骨と聞くと、いまだ胸が苦しくなる。

知人の死因

知人が死んだ。

自殺だという。

日頃から仕事や人間関係に悩んでおり、疲れ果てた末の自殺だと聞かされた。

だが、その話を聞いた時に俺は、そんな馬鹿なことなどありえない――、そう思った。

彼は悩みを自己解決できる力を持っており、何より他人に恨まれるような人間ではなかった。

常に自分よりも他人を優先し、真に優しい男だった。

他人を許す気持ちも持っていたし、それでいて、自分を押し殺すようこともしない。いつも豪快に笑い、酒を飲むことで辛さも悲しみも、そして恨みをも洗い流せる人間だった。

彼は会社員として働きながら、ルポルタージュ作家を目指していたのではないかと思う。

はっきりそう聞いたわけではないが、おそらくはそうだ。

それは、彼が生まれた家に起因する。

彼が生まれた家は、その地域では名家として名が通っていた。

沢山の土地を有し、いまでもそれなりの影響力を持っている。

ただ、昔はかなり酷いことも平然とやってきた一族だと聞く。だからこそ、ここまで家が大きくなったのだと。

だが、そんな闇の部分に光を当てようとする者は、一族には一人もいなかった。そう、彼を除いては……。

彼は元々、好奇心の塊のような人だったし、正義感も人一倍強かった。だから、たとえ自分たち一族の暗黒部分だとしても、それをそのまま闇の中に隠しておくことはできなかったのだろう。

彼の一族が現在も住む土地には、〈まだら様〉いう謎の言い伝えがあった。

もっとも、それを知っているのは彼の一族の人間に限られる。

〈まだら様〉の起源は江戸時代よりももっと古く、当時の村は天候や飢饉などで簡単に死に直面していた。

農民たちはそのたびに子供や年寄りを間引くことで何とか生きながらえてきた。

そんな当時の実情と〈まだら様〉がどんな形で繋がっているのか、俺には知る由もない。

しかし、どうやら彼はその真相に辿りついてしまったらしい。

それを知った時、彼はかなり悩んだのだと思う。

このまま闇に葬るか、それとも事実は事実として白日の下に晒すか。彼は悩んだ末、自らの一族の闇を記事として発表する道を選んだ。

そしてあの日の夜、俺に電話をかけてきた。

それは公衆電話からで、俺は訝しみながら恐る恐るその電話に出た。

「もしもし？」

最初は彼の声だと分からなかった。

いつもの彼の声ではなく、低く暗い声で少し震えているような感じだった。だから彼が名乗った時にも、思わず本人なのか確認してしまったほどだ。

電話の内容はこんな感じだった。

『Kか？　突然、公衆電話からですまない……。

でも、これはお前の身を守る為でもあるんだ。だから……許してくれ。

こんな話、他の奴に話してもきっと信じてはもらえないだろうと思ってさ……。

でもお前なら……不可思議な事に首を突っ込んでばかりいるお前なら、少しは信じて貰えると思ってさ……」

そこまで聞いた俺は、堪らず口を挟んだ。

「おい、言ってる意味が分からないんだが、もしかして以前から調べてみると言っていたアレか？　おまえの親族の……忌まわしい過去に関する話か？」

彼は一瞬押し黙り、いっそう低い声で「そうだ」と答えた。

『ああ、あの〈まだら様〉に関してのことだ。あれはな、過去だけの話じゃなかったんだよ。いまも現在進行形で行われている呪いなんだ。そこから生み出されて一族の繁栄を護らされているモノが、現実に存在していたんだよ……』

呪い、と確かに彼は言った。

『初めてそれを知った時は自分の一族が行ってきた愚行に恐怖し、そのまま見なかったことにしようと思った。過去だけの話なら、きっとそうしていたと思う。だが……そんな呪いの儀式がいまも続けられていて、そこから〈まだら様〉が生まれ続けているんだと悟ってしまったからには、このまま闇に葬るべきではないと決断した。

もう、この件に関する記事は出版社の方へ届けてある。

だから、三か月もすれば全てが明るみに出て、我が一族はそのまま社会から抹殺されるだろう……。いや、そうなってもらわなければ困る。

ただ、何らかの力が働いて出版されなかったとしたら、きっと俺も生きてはいられないだろう。

だからもしも俺が行方不明になったり変死したりすることがあれば、それは〈まだら様〉の呪いによって殺されたんだと思ってほしい』

——アレは証拠一つ残さず、簡単に命を奪える。

『だから、な……そうなったとしても絶対に俺の死の真相を探ったりしないでくれ。俺はお前まで巻き添えにはしたくないんだ』
聞いてくれてありがとう――。
そう言って、彼は静かに電話を切った。

それが、彼が自殺する一週間ほど前の出来事だ。

だから俺は、彼が自殺したのではないと断言する。

いまこうして書いているのも、彼が生きた意味を少しでも……その真実をいくばくかでも残したいと願うがゆえである。俺なりの鎮魂歌と言ってもいい。

結局、俺も何も分かってはいない。

だがいつの日か、彼が命を賭して探った真実を知ることができれば、と思っている。

著者あとがき

前回までの二巻で「闇塗怪談」は終わりにするつもりだった。

それは、その時点での嘘偽り無い本心だったし、自分の書いた話を本という形で出版し多くの方々に読んでいただきたいという夢が叶ったことで、達成感とともにある種の虚脱感を感じていたのかもしれない。

そして、自分の居場所はあくまでブログの世界であり、一般の読者の方々に私の書いた話をお読みいただくよりも、ブログの読者を大切にしたいという気持ちが強くなった。

その思いは私がずっと忘れてはいけない大切な部分なのだと自覚しているのだから、その時の自分自身の決断を決して後悔はしていない。

だから、それ以後はブログだけに集中して沢山の話を書いてはアップするという作業を続けていた訳だが、その間、自分自身でも気が付かないうちに、「この話は本に入れたいな」とか「この話は勿体ないからブログにアップするのは止めておこう」という気持ちが無意識に湧いてきてしまった。

自分自身、とても不思議な気持ちではあったが、その時私は再認識できたのかもしれない。本当はこれからも本を出版することでより多くの方に自分の書いた話を読んで欲しいのではないのか、と。

そして、担当者さんにその気持ちを伝えるとありがたいことに二つ返事でＯＫをいただけた。

だから、いまの私には迷いは微塵もない。

そして、今回も私が見聞きした中でも特に怖いと感じる話だけを厳選して収録させてもらうと同時に、それまでのブログから過去に書いた話を引用するのを避け、全ての話を書き下ろしにするという我儘にも対応していただいた。

勿論、ホロっとくる話やクスッとなる話も収録させていただいたが、そのどれもに私なりの恐怖を感じており、実話の中に隠されている教訓だったり戒めというものもきっちりと詰め込ませていただいた。

だから、それぞれの話の中に隠されている本当の意味の恐怖や悲しさ、そして大切なことなども一緒に感じ取っていただけたとしたら幸いである。

私は有能な霊能者たちが身近に居てくれることで、沢山の怪異にも遭遇することができ、さらに私の周りの友人・知人も様々な怪異を体験し、それを私に事細かに聞かせてくれるある意味とても恵まれた環境にあるのだと自覚している。

本来ならば怖い話を集める為に全国を飛び回らなければならないのかもしれないが、そういう苦労は経験したことがない。

それを幸運と言って良いのかは分からないが、私が見聞きし感じた恐怖を読者の皆様にも共有していただけたのならこれ以上に嬉しいことはない。
それが私の素直な気持ちである。

二〇一九年三月吉日

営業のK

闇塗怪談　解ケナイ恐怖

2019年4月5日　初版第1刷発行

著者　営業のK

カバー　橋元浩明（sowhat.Inc）
発行人　後藤明信
発行所　株式会社　竹書房
〒102-0072　東京都千代田区飯田橋2-7-3
電話 03-3264-1576（代表）
電話 03-3234-6208（編集）
http://www.takeshobo.co.jp
印刷所　中央精版印刷株式会社

定価はカバーに表示しています。
落丁・乱丁本は当社までお問い合わせ下さい。

ISBN978-4-8019-1821-4 C0193